ブックレット〈書物をひらく〉3

漱石の読みかた
『明暗』と漢籍

野網摩利子

平凡社

漱石の読みかた　『明暗』と漢籍［目次］

序に代えて

読書好きの者が小説を読むとき、あたかも登場人物が現実に生きているかのように思い描いて読む。また、そのように読めない小説はおもしろくないと感じる。小説家も、そんなふうにのめりこんで読んでくれることを喜び、日々、工夫を凝らしている。夏目漱石も例外ではない。

プロの小説家になる前、漱石は英文学研究者だった。だが、英国留学中の明治三十四年（一九〇一）ごろから文学について普遍的に言いうることについて考えはじめ、ノートを書き溜めた。その思考は、帰国後、東京帝国大学文科大学英文科講師として、講義▲のもととなり、『文学論』として明治四十年（一九〇七）に大倉書店より出版された。そこでは、英文学のみならず、文学者がより読者にアピールするために採る文学方法について考察している。とくに、いかにして小説は登場人物があたかも読者の目前にいるかのように惑わせるか、小説で凝らされる各種の工夫が検討された。漱石は、小説をプロとして書くようになってから、研究者のときに考えた、文学一般が採る方法を、小説を書く実践でひとつひとつ確かめ、実現してゆく。

講義　明治三十六年（一九〇三）から三十八年（一九〇五）にかけての講義である。「英文学概説」という講座だった。

漱石が文学と読者に抱いたそのような期待に即して、漱石文学を読むよみかたがあってもよい。それは、登場人物の息遣いをあたかも傍で感じ取ってしまう読みかたである。漱石が愉しみながら実践したそのような文学は、読者のコンディションによっては、漱石にとって期待外れの効果しか挙げていないかもしれない。

だが、もともと英文学研究者として、一読者の立場であった漱石の場合、小説を書くにあたり、想定している第一の読者は、自分自身のようである。漱石と同程度の教養ある読者が、小説の言葉からさまざまに広げてゆくことができる。そのような世界を、漱石は自身の小説によってもたらそうとしたと思われるのだ。

小説のテクストから読者が受けとめる範囲は最小限に見積もっておくべきだろうか。否である。小説家の立場に立ってもみてもらいたい。自身がもたらす世界が狭いよりも広いほうが、通常、はるかに誇らしい。自身の小説の言葉の端々から具体的に広がる先がある。限界とは無縁だ。

このような小説家の望み、とくに漱石の経歴から想像できる漱石の望みを斟《しん》酌《しゃく》するなら、漱石文学の研究者は今まで何をやってきたのだろう。小説をできるだけ研究者に把握可能な小さな世界の出来事に押し込めて、そのときどきで流通する研究方法で読み解ける内容しか見てこなかったのではないか。

漱石が自身を第一の読者として創作していたと思われる以上、研究者は、漱石ほどの教養ある読者が頭のなかでどのように小説世界を広げていけるかを示す必要があろう。想定されているのは、新聞しか読まないような読者ではない。小説の言葉を刺激に、小説を拡張してゆける読者になってみよう。それも確かに、漱石が小説に託した効果であろうから。

本書は、この試みを『明暗』内にたしかな存在を主張している漢籍を通して行う。この小説がたしかにもたらしていた大事な事象が見えてくることを祈る。

一▼父と漢籍

1　痔と言葉の奥

夏目漱石は、『明暗《めいあん》』を大正五年（一九一六）の十一月十五日に百八十八回分まで『東京朝日新聞』『大阪朝日新聞』に執筆していた。胃が痛み出したので、五、六日だけ静養してまた書き続けるつもりだったが、書き続けられることなく、漱石は没した。大正五年十二月九日のことである。書き溜めてあったため、漱石没後も新聞連載が続き、十二月十四日に百八十八回で、未完のまま閉じられた。

この『明暗』は漱石自身が同年八月二十一日付の芥川龍之介▲・久米正雄▲宛の書簡で「毎日百回近くもあんな事を書いてゐると大いに俗了された心持になります▲」と記すとおり、結婚して半年と少しの津田由雄《つだよしお》とお延《のぶ》という若い夫婦の主人公も、周囲の人物も、みな人生に起きる些末で煩瑣なことでとりこんだ生活を送っている。

『明暗』は津田由雄が医者に痔《じ》を診察してもらっている場面から始まる。いっ

芥川龍之介　漱石の木曜会に初めて参加したのは大正四年（一九一五）十一月十八日のこと。東京帝国大学文科大学英吉利文学科学生であった。翌五年二月、第四次『新思潮』に「鼻」を発表し、漱石から絶賛する書簡をもらう。

久米正雄　芥川とともに、大正四年の十二月に漱石門下に入る。第四次『新思潮』に久米が発表した「父の死」についても漱石は褒めている。大正五年に、漱石は、久米・芥川両者宛ての書簡を繰りかえし出している。

「毎日百回近くも……　『漱石全集』第二十四巻（岩波書店、一九九七年）五五五頁。

たい、痔の診察から始まる小説がそれまであっただろうか。クリエイターは世界初ということを重視する。漱石の愛読したジェーン・オースティンのような日常生活がみなぎるこの小説であるが、この型破りな始まりから、この小説にしかない世界が創始されたのだと、幕が切って落とされる。

津田は痔の手術を受け、入院する。そこへ妻、お延の他に、堀という財産家に嫁《とつ》いでいる津田の妹、お秀《ひで》や、上司吉川の夫人が見舞いにやってくる。吉川夫人は、以前津田と娶《めあわ》せようとした清子《きよこ》という女性が急に身を翻して別の人間のもとに嫁いだことをいまだに悔しく思っていて、津田をけしかけ、清子のいる温泉地に療養に行かせようと企《たくら》んでいる。小林という津田の悪友も来る。小林は社会主義者のような発言をする人物である。日本で食いつぶしたため朝鮮へ行くという。

登場するのは我《が》の強い人物ばかりで、見えや意地の張り合いの連続である。その心理の動きが、針小棒大に、穿《うが》つように記されているため、ついのめり込んで読んでしまう、それが『明暗』である。

『明暗』全体でもせいぜい十三日間の出来事で、うち入院期間は八日間を占め、多くの会話が津田のベッドサイドで交わされている。その折りの事件といえば、お延が津田の手術が終わった直後に、岡本叔父夫婦に誘われ、芝居を観に出かけたことや、津田由雄が京都在住の父から生活費の補助を中断されてしまったことくらいだ。津田の妹のお秀は金をちらつかせて津田を改心させようという魂胆を持っている。

起きている事件のわりに派手な若い主人公夫婦の言動に目を奪われ、研究者も読み過ごしてきた細部がある。この『明暗』のごとく、もともと新聞連載小説で文字数が限られている場合は無論のこと、どんな小説も無限に言葉を連ねてゆくことはできない。読者の読む行為によって、小説が動き出すのだから、読者の記憶可能な程度に言葉数を抑えてある。そのような制限のなか書かれている小説である以上、何の役割も果たさない言葉はない。どんな細部にも託されている役割がある。本書で扱うのは、そのような細部から広がる世界だ。

無用な言葉を重ねずに、豊かな小説世界を供給できるか、そのあたりに小説家の技量が現れる。読み過ごされてしまいがちな細部からも、大きく広がってゆく可能性がしこまれている。そのしこみを掘り出すことで、漱石の教養からすれば、ほとんど当然な、彼が『明暗』に企図した豊饒な広がりが明らかになろう。

2　漢籍の貸し借り

『明暗』と、同時に書き進められていた漢詩との関係はよく研究されているの▲

『明暗』と漱石漢詩との関係　加藤二郎「漱石の言語観――「明暗」期の漢詩から」（初出『文学』四巻三号、岩波書店、一九九三年七月／のち『漱石と漢詩――近代への視線』、翰林書房、二〇〇四年、所収）。田中邦夫『漱石『明暗』の漢詩』（翰林書房、二〇一〇年）。

『明暗』の引用　『明暗』本文は『漱石全集』第十一巻（岩波書店、一九九四年）より引用する。ルビは現代仮名遣いで振りなおした。章数を付す。

に、これまで、『明暗』に出てくる漢籍についての議論はされてこなかった。そのわけは、一つに、漢籍の貸し借りをしているのは、主人公の津田由雄・お延夫婦が結婚する前のことであり、隠退した親同士の行為に過ぎないと見なされてきたからだろう。もう一つに、それらは、お延による回想シーンに出てくるばかりだから見逃されてきたのだろう。

ところが、この軽視は、小説読みとしてかなり手落ちがある。というのも、お延がその場面を回想するのは、新婚の娘として両親に手紙を書こうとしながら、両親が喜びそうな、津田に愛されているといったことを記せば嘘でしかないと自覚し、手紙を書きあぐね、ようやく幸福そうな「欺騙《あざむき》の手紙」（七十八）を綴ったのちに回想する、津田との馴《な》れ初《そ》めの、重要な場面だからだ。両親および岡本の叔父叔母《おじおば》にありのままに報告でき、未婚の従妹《いとこ》にうらやましがられる、愛に満ちた結婚生活ではないことを彼女は日々実感している。その感が起きるたびごとに彼女はその原初の場面に立ち返る。

お延の回想は独身時代に遡る。彼女は東京の岡本の叔父叔母のもとで成育した。岡本家から久しぶりに京都の父母のもとに帰ったお延は、自分の父から津田宅へ使いを頼まれる。

お延の父は神経痛で、寝たり起きたりを繰り返しており、病中の徒然《つれづれ》を慰めるため、折々、津田の父から書物を借り受けていた。お延は「一通の封書と一帙《ちつ》の唐本《とうほん》」を持って、津田宅に行く。「古いのを返して新らしいのを借りて来るのが彼女の用向《ようむき》」（七十九）である。津田の両親も京都住まいで、津田由雄も帰省中だった。津田宅の玄関に立って、案内を乞う。取次《とりつぎ》に現れたのが津田由雄であった。由雄はお延から「帙入《ちついり》の唐本」を受け取る。

標題は『明詩《みんし》別裁《べつさい》』だった。津田由雄は「何故だか、明詩別裁といふ厳《いか》めしい字で書いた標題を長らくの間見詰めてゐた」という。津田はその日の午後、お延の父に「劃《かく》の多い四角な字の重なつてゐる書物は全く読めないのだと断」っている。漢籍にさほど関心がないのに、『明詩別裁』というお延の父が求めて読んだ書物の標題を見入る主体として、津田がお延の前に現れた。

津田由雄は父が留守であると告げる。お延が帰ろうとしたのを彼は呼び留め、「自分の父宛の手紙を、お延の見てゐる前で、断りも何にもせずに、開封した」という。「此平気な挙動がまたお延の注意を惹《ひ》いた。彼の遣口《やりくち》は不作法であつたけれども果断《かだん》に違《ちがい》なかつた。彼女は何《ど》うしても彼を粗野《がさつ》とか乱暴とかいふ言葉で評する気にならなかつた」（七十九）。

その手紙の内容は読者には「父の借《か》らうとする漢籍」（七十九）の書目が書かれていたということ以上に分からない。お延もこの段階では自分の父が手紙でど

▲『梅村集』は……　『呉偉業』（中国詩人選集第二集第十二巻、福本雅一注、岩波書店、一九六二年）二〇頁。

の漢籍を要求したのかを知らない。

　お延の父がしたためた内容は容易に推測できる。仮に想定してみるならば、こういったところであろう。「娘お延、帰省中につき、借用中書籍を持たせ、訪問せしむべく候、つきては「〇〇」拝借願上度候、娘お延に託して幸便に候」。

　このような手紙を走り読んだ津田由雄は、いちはやく、お延の父の意図を知ったうえで、彼女と応対したのである。津田は指定された書物を探しに奥に入った。そして漢籍が見つからないことを告げ、お延をいったん帰し、午後に、お延の父の望みの本をわざわざ彼自身でお延宅へ持ってくる。

　そのとき初めて、お延は、父の手紙で所望されていた本が「呉梅村詩《ごばいそんし》」で、返しに行った『明詩別裁』の「約三倍の量」があることを見る。呉梅村の存命中に編纂され、一八六八年から翌年にかけて刊行された『梅村集』は四十巻に上っており、▲『明詩別裁』全十二巻の、たしかに約三倍である。この浩瀚《こうかん》な詩文集が津田の父の蔵書にあることをお延の父は知っており、明《みん》滅亡後の悲劇を詩にした梅村の詩を、『明詩別裁』のつぎに読みたいと思ったのだ。

　お延のこの回想により、津田とお延とはそもそも、読めない文字をあいだにして知りあったこと、また、津田が読めないと言ってみせる「劃《かく》の多い四角な字の重なつてゐる書物」を読む努力をしたために、お延は津田由雄を親切だと感じ、好意を抱いたことが分かる。読めない文字をあいだにして、〈読もう〉とする主体として互いを定立させあった二人なのだ。

唐詩は読み飽きている　漢詩初学者は唐詩から学びはじめるため。

二▶詩づくりと縁結びの参考書

1　明詩を読む人

なぜお延の父が津田の父に返す漢籍が『明詩別裁』であり、つぎに借りるのが「呉梅村」の詩でなければならないのだろうか。お延の父や津田の父はすでに唐代の詩などは読み飽きているくらいで、▲もう貸し借りの対象ではなかったのだ。しかし、明詩には未読の詩が多くあり、何より、読み慣れた唐詩を模範にしたスタイルであるのを気に入っているということではないか。

『明詩別裁』の時代背景を概観し、その実態に迫ってゆこう。モンゴル民族による元朝に取って代わって、一三六八年から明《みん》王朝が始まる。明は洪武《こうぶ》帝《てい》、すなわち、朱元璋《しゅげんしょう》によって建国された、漢民族による王朝である。その明の時代の詩が集められたのが『明詩別裁』だ。しかし、それが編まれたのは、つぎの時代の、満州《まんしゅう》族の建てた清《しん》王朝においてとなる。

清では、異民族支配の下、漢民族の文学を継承しようとする学問が盛んに行われた。清朝考証学《こうしょうがく》▲と言う。その清代に沈徳潜《しんとくせん》と周準《しゅうじゅん》によって『明詩別裁』が編まれた。全十二巻には、三百十四名による、千首あまりの詩が収められている。なかでも二十首以上の詩が収録されている詩人を挙げれば、巻一に劉基《りゅうき》、高啓《こうけい》、巻四に李夢陽《りぼうよう》、巻五に何景明《かけいめい》、巻六に徐禎卿《じょていけい》、巻八に李攀龍《りはんりょう》、謝榛《しゃしん》である。

『明詩別裁』に多くの詩を掲載された詩人たちは、蓄積されてきた典拠との関わりで難しくなりすぎた詩の言葉を考えなおす運動を起こそうとした。何景明、李夢陽らによって、明代半ばを過ぎた十六世紀、「古文辞《こぶんじ》」と呼ばれる運動が始められる。彼らは「前七子《ぜんしちし》」と呼ばれている。「文は必ず秦漢、詩は必ず盛唐。是《そ》れに非ざれば道《い》わず」、「唐以後の書を読まず」と宣言された。▲文学の制作は古典を典型とすべきで、散文なら『史記』を中心とする紀元前の「秦漢」の文章、詩なら杜甫を中心とする八世紀「盛唐」の詩、あるいは、「漢魏」の詩を模範とすべきだという。

それから五十年ほど遅れて同じ主張を繰り返したのが李攀龍・王世貞《おうせいてい》らで、のちに、そのグループに謝榛が迎えられ、「後七子《ごしちし》」と呼ばれた。

李夢陽、李攀龍とともに農村の出身である。この運動は、李東陽《りとうよう》に代表される廟《びょう》堂《どう》の詩人（宮廷の詩人）への反抗でもあった。▲博学者でなくても、盛唐の詩さえマスターすれば詩を作ることができるというのだから、中国の伝統的な廟堂の詩

清朝考証学　清代の学者は、明代の学と対照的に、中国古来の書物に厳密に即して事実を追い求める姿勢で徹底していた（梁啓超『支那近世学術史』下巻、岩田貞雄訳、支那文化叢書、人文閣、一九四二年、一頁）。

「文は必ず……」　吉川幸次郎『元明詩概説』（中国詩人選集第二集第二巻、岩波書店、一九六三年）一六九頁。

この運動は……　前野直彬「解説」（『宋・元・明・清詩集』、中国古典文学大系、平凡社、一九七三年）五〇頁。

人に比べて読書量に乏しい都市の商人など民間の詩作者たちにその説は喜ばれたのである。

『明暗』は大正期を舞台としていると考えられる。すでに老いを自覚するお延の父と津田の父が、感情の発露の方法に唐のスタイルを主張する明代の「唐本」を読んでいたということに大いに注目したい。読むばかりでなく、津田の上司吉川が津田の父について「大方《おおかた》詩でも作つて遊んでるんだらう」（十六）と言っていることから、詩作もしていた模様だ。

すでに一線から退き、懐古的な気分にある者が、擬古的な漢詩文を読み、明の時代に湧き上がった草莽《そうもう》の詩人のごとく、詩作に励むというのは、意の凝《こ》らされた登場人物の造型と言ってよいだろう。彼らは実作の参考になるような、手の届くレベルの漢籍を交換しているのである。

つねにただの読者でいると、つい、実作の大変さに思い及ばないが、漢詩をただ読んでいるのと書こうとするのとでは大違いである。▲詩を作りたい希望を手軽に満たそうとするとき、手本として明詩が手ごろであったという設定となっている。

漢詩を読むことと書くこと　荻生徂徠は六経の古文辞の獲得のために、「単に「古文辞」を読むのではない。みずからも「古文辞」を書く」ことを試みたと吉川幸次郎は強調する（「解説　徂徠学案」『荻生徂徠』、日本思想大系、岩波書店、一九七三年、六三二頁）。

2　読書家の思いつき

『明詩別裁』は日本で何度も翻刻された。題箋《だいせん》が『明詩』とされているものもあるなか、お延が津田家へ運んだ本はつぎのように描写される。津田が「明詩別裁といふ厳めしい字で書いた標題を長らくの間見詰めてゐた」という。おそらく「明詩別裁」という題箋の付いた明治期版本であろう。▲『明詩別裁』には巻一に、高啓《こうけい》という詩人の詩が二十一首も収められている。

　高啓は十四世紀半ば、元から明にかけて活躍した詩人である。のちの古文辞派と違って、読まない書物はないというほど学があり、古調を掌握していたため、復古の気運を目覚めさせたとも言われる。青邱子《せいきゆうし》と号した。

　漱石の蔵書には嘉永三年（一八五〇）に刻された斎藤拙堂《せつどう》選による版本『高青邱詩醇《しじゆん》』がある。高啓は日本では高青邱という号のほうで親しまれ、江戸・明治にかけてよく読まれ、翻刻も繰り返された。漱石も高啓を愛読し、自作の漢詩でも模倣していた。▲漱石は『明暗』執筆中の大正五年九月一日に、またもや芥川龍之介・久米正雄に宛てた書簡で、「高青邱が詩作をするときの自分の心理状態を描写した長い詩がありますか。知つてゐますか。少し誇張はありますがよく芸術家

明治期版本　『明詩別裁』一、二、三、四（前川善兵衛他刊）。刊行年不明だが、明治期の再版本と思われる。明治は漢文学興隆の時代で、江戸期の整版本が大いに刷り直された。

漱石も高啓を……　和田利男『漱石漢詩研究』（人文書院、一九三七年）一二八頁。

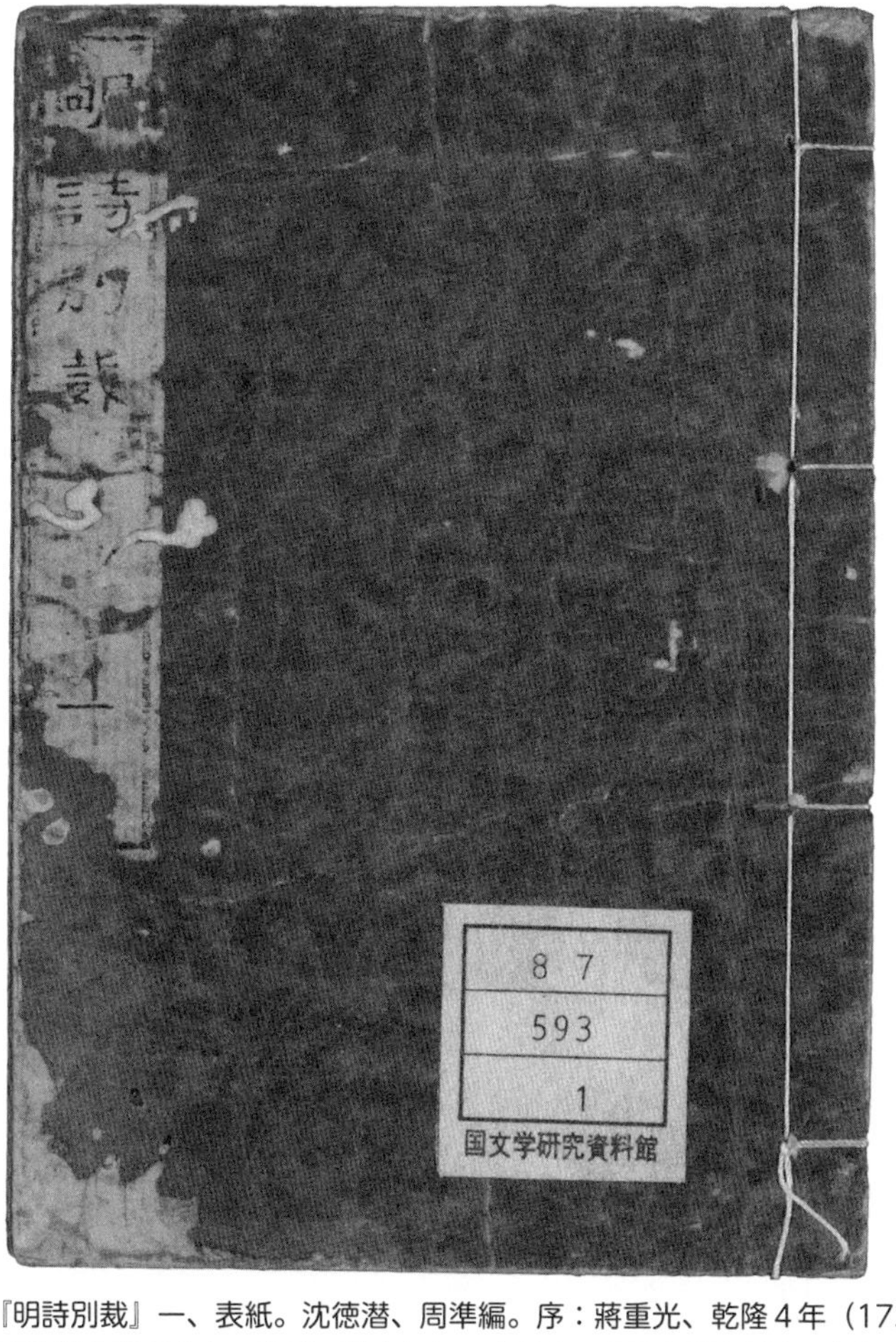

図１　『明詩別裁』一、表紙。沈徳潜、周準編。序：蔣重光、乾隆４年（1739）。沈徳潜は清代中期の詩人、学者。詩人としてよりも、名詩を編む能力に優れ、日本でも彼の編纂した中国各時代の名詩集は愛読された。題箋が「明詩別裁」の版本。

の心持をあらはしてゐます。つまりうれしいのですね▲」と記している。それは「青邱子歌《せいきゆうしか》」のことである。▲

『高青邱詩醇』には冒頭、「明史《みんし》本伝《ほんでん》」からの抜粋が載る。朱元璋の恐怖政治によって殺戮《さつりく》された功臣とその関係者は数万人に上ることはよく知られる。朱元璋は文学者に対しても、粛清を加えた。『高青邱詩醇』が紹介する「明史本伝」には、高啓が朱元璋によって市《いち》で腰斬《ようざん》、すなわち、腰から真っ二つにされる死刑に処された理由が書いてある。

「明史本伝」

啓嘗賦詩有所諷刺。帝嗛之未発也。［……］観以改修府治、獲譴、帝見啓所作上梁文、因発怒、腰斬於市。年三十有九。▲

【書き下し文】

啓嘗《かつ》て詩を賦《ふ》して諷刺する所有り。帝之《これ》を嗛《ふくみ》て未だ発せざるなり。［……］観《かん》府治を改修するを以て、譴《けん》を獲《え》、帝啓《けい》が作る所の上梁の文を見、因《よ》りて怒を発し、市《いち》に腰斬《ようざん》す。年三十有九。▲

【私訳】

高啓はかつて詩を作って諷刺するということをしていた。帝（朱元璋）はふ

「高青邱が……」 『漱石全集』第二十四巻（岩波書店、一九九七年）五六六頁。

「青邱子歌」 詩づくりの喜びを高らかに詠む。絶え間なく歌う自分のことを人が詩狂いと呼んでも、意に介さない、「壺を叩きてみずから高歌し 俗耳の驚くを顧みず」と、自分のことを詠んだ珍しい詩。森鷗外は、明治二十二年（一八八九）、落合直文、小金井喜美子や新声社同人とともに出した『於母影』（『国民之友』附録）において、「青邱子歌」を日本語訳している。

啓嘗賦詩…… 『高青邱詩醇』一（斎藤拙堂選、青木嵩山堂、明治三十五年）三丁表。引用にあたり、漢字は現行の漢字に改め、句読点を付した。以下同じ。漱石の蔵書は嘉永三年（一八五〇）のものだが、同じく七巻四冊。

啓嘗て詩を賦して…… 書き下しは旧仮名遣いで行い、ルビは現代仮名遣いで加えた。以下同じ。

図２　土岐善麿『高青邱』（日本評論社、1942年）口絵「高青邱肖像」。「東洋思想叢書」中の評伝の一冊。土岐善麿は歌人。他に、『鶏の卵』という漢詩の日本語訳詩集があり、その中に高青邱の詩の訳もある。

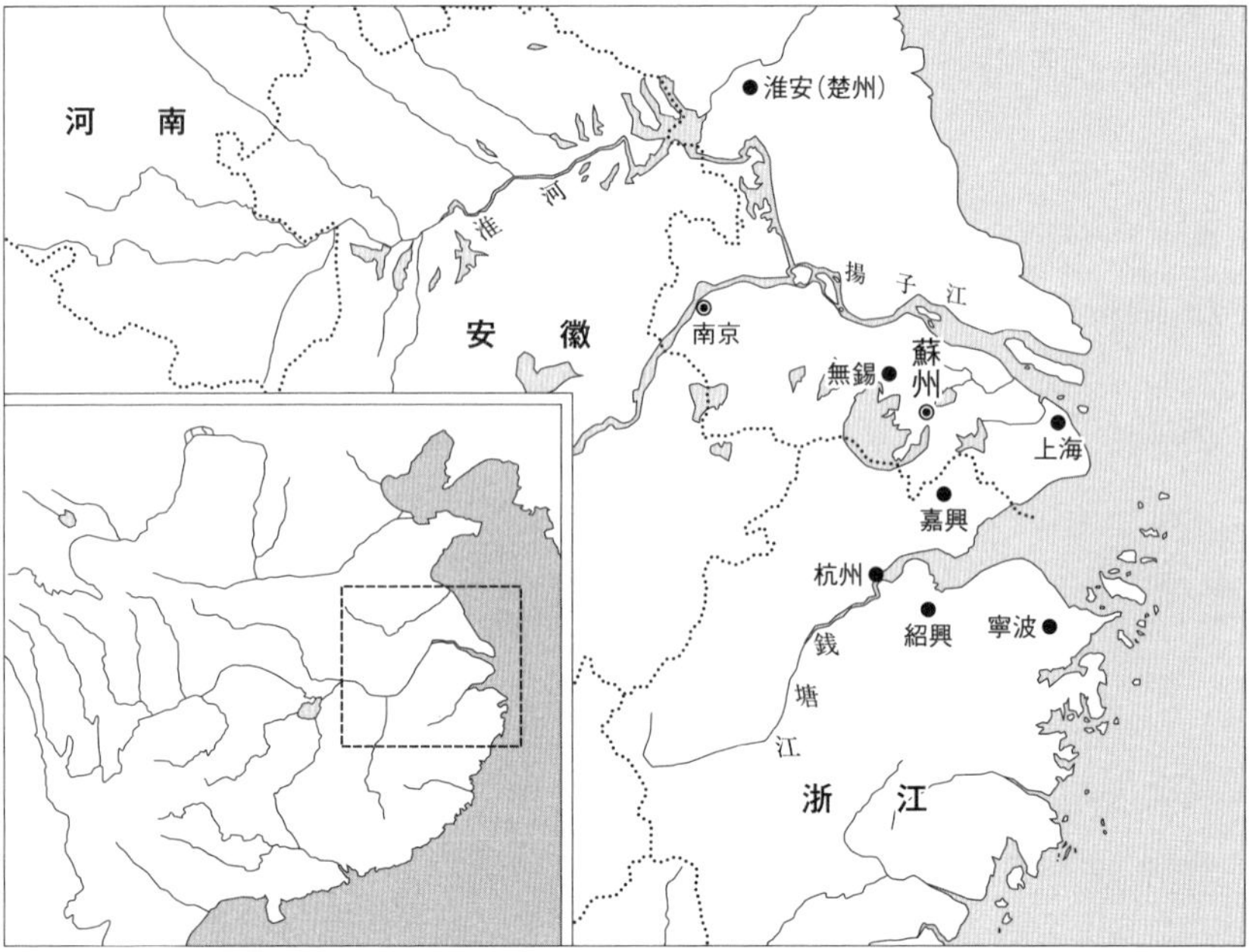

くむところありながら、未だそれを表に出すことはしていなかった。（……）魏観《ぎかん》が役所の庁舎を改修したことで罪となった。帝は高啓が作ったその棟上《むねあ》げの詩を見て、それによって怒をあらわにし、高啓を市における腰斬の刑（公開処刑）に処した。

高啓の出身地である蘇州《そしゅう》▲は、元朝末期、小独立国による割拠《かっきょ》の時代、張士誠《ちょうしせい》の支配下にあった。文化水準の高い地で、高啓も張士誠の下で、若き詩人として謳歌していた。しかし、当時まだ呉王と称していた朱元璋との抗争により、一三六七年、蘇州の国は亡ぶ。張士誠による蘇州の籠城中、高啓も愛娘《まなむすめ》を喪う。そしてこれまで仇敵だった朱元璋を君主にいただくことになったのである。

高啓は一三六八年、『元史』編集員として南京へ上る。一方で、彼は詩によって朱元璋に対し反発を示していた。「宮女図《きゅうじょず》」「題画犬」などという漢詩で太宗の好色を諷刺する。そのことが帝の怒りを買ったという。高啓は朱元

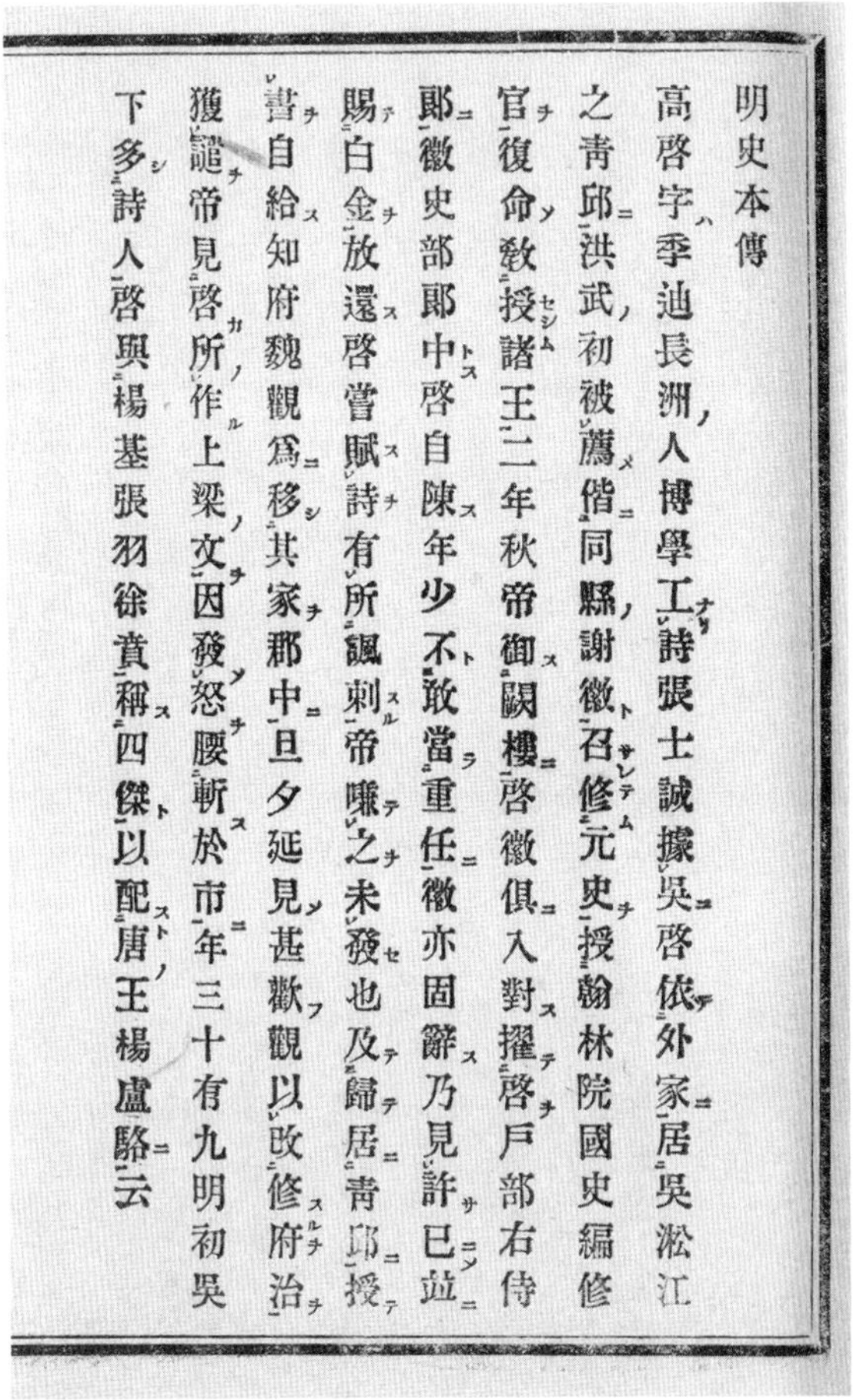

明史本傳

高啓字季廸長洲人博學工詩張士誠據呉啓依外家居呉淞江之青邱洪武初被薦偕同縣謝徽召修元史授翰林院國史編修官復命教授諸王三年秋帝御闕樓啓徽倶入對擢啓戸部右侍郎徽吏部郎中啓自陳年少不敢當重任徽亦固辭乃見許已竝賜白金放還啓嘗賦詩有所諷刺帝嗛之未發也及歸居青邱授書自給知府魏觀爲移其家郡中旦夕延見甚歡觀以改修府治獲譴帝見啓所作上梁文因發怒腰斬於市年三十有九明初呉下多詩人啓與楊基張羽徐賁稱四傑以配唐王楊盧駱云

図３　『高青邱詩醇』一（斎藤拙堂選、青木嵩山堂、明治35年）３丁表。漱石の蔵書は嘉永３年のものだが、同じく７巻４冊。斎藤拙堂は江戸後期の儒者。漢文学者。漢詩人。津藩の藩校「有造館」督学《とくがく》をつとめ、他藩からも子弟の派遣がある。

璋から要請のあった戸部侍郎（大蔵次官）を断り、出身地の蘇州である長江流域に帰った。が、朱元璋の魔の手から逃れることはできなかった。
蘇州地方の長官の魏観が庁舎を改築したとき、友人であった高啓は上梁文、つまり棟上げを祝す詩を作成する。直接的にはその咎《とが》で、朱元璋によって死刑にされる。三十九歳だった。
罪人ということでその詩はいったん全部が破棄されたが、その後、妻の周一族によって、二千余首に上る遺稿がかき集められた。
漱石の蔵書に多くある青木嵩山堂の書籍に広告が載る『輯註増補高青邱全集』には、高啓の弟子である呂勉《りょべん》による「槎軒集本伝《さけんしゅうほんでん》」が添えられている。そこには、高啓がどのようにして、蘇州の名門、周の娘を妻にしたかが書かれている。高啓は、友人の勧めで、娘の父の周仲達が病気のときに見舞いに行った。

翁謂所交曰。吾疾近稍愈。未可率爾与新客見。聞其善吟。客位間。有蘆雁図。脱一題足矣。先生走筆一絶云。西風吹折荻花枝。好鳥飛来羽翼垂。沙闊水寒魚不見。満身霜露立多時。翁笑曰。若欲偶之意亟矣。語所交。請其回。当択日妻之也。

【書き下し文】

翁謂所交曰……『輯註増補高青邱全集』巻首（金檀輯註、近藤元粋評訂、青木嵩山堂、一九〇九年（明治四十二））二三丁裏。句点は本文通り。

翁、交はる所に謂《い》ひて曰《いわ》く。吾が疾《しつ》近ごろ稍《や》や愈《い》ゆるも、未だ卒爾《そつじ》として新客と見《まみ》ゆべからず。其の善く吟ずるを聞けり。客位の間。蘆《ろ》雁図《がんず》有り。脱《ある》いは一題すれば足れりと。先生筆を走らせ一絶云ふ。

西風吹き折る　荻花《てきか》の枝。
好鳥飛び来たりて　羽翼垂る。
沙闊《ひろ》く水寒く　魚見えず。
満身の霜露《そうろ》　立つこと多時。

翁笑ひて曰く。若《なんじ》が偶《ぐう》を欲する意亟《こころせま》れりと。交はる所に語る。其《そ》れ回《まわ》るを請ふ。当《まさ》に日を択《えら》んで之《これ》に妻《めあわ》すべきなりと。▲

【私訳】

翁（周）が友人に言うには、私の病気は近ごろややよくなったとはいえ、まだにわかに新しい客に会うことはできません。高啓は詩作がうまいと聞いています。客間に蘆雁の図があります。もし題詩をひとつ作ってくださればそれで足ります、と。先生は筆を走らせ、絶句を一首作って言う。

西風が吹いて荻《おぎ》の花の枝を折る
すばらしい鳥（雁）が飛んできて、羽翼を（浜に）垂《た》らす。
砂浜は広く水冷たく、魚も見えない。

翁笑ひて曰く……　古川末喜「『高青丘集』「凫藻集本伝」「槎軒集本伝」訳注稿」（『佐賀大学 文化教育学部研究論文集』三巻二号、一九九九年）九六―九七頁を参考に、書き下した。

その鳥は満身に霜露を受けてずっと立っている。翁は笑って言った、あなたの連れ合いを欲する気持ちはせっぱつまっているねと。友人に告げた、(今日のところは)お帰り願う、きっと日を選んで彼女にめあわせますからと。

高啓は名家周の娘を妻としてもらいたかったのだが、高の家は零落していた。高啓は想いを寄せる娘の家までその父、周を見舞いに出かけ、周から請われて蘆《ろ》雁《がん》の図に絶句を賦《ふ》した。そして周から詩の才能を買われ、結婚がまとまったという。

この結婚に至る段取りが、『明暗』主人公の若い夫婦のなれそめとよく似る。お延が父の遣いに津田家に行くと、玄関にある衝立《ついたて》に墨書があって、その「白い紙の上に躍《おど》つてゐるやうに見える変な字」(七十九)を驚いて眺めていると、衝立の後ろから取次に現れたのが、ちょうどそのとき彼女と同じように京都の家へ来ていた由雄であったのだ。そして由雄は周仲達同様に「病中」(七十九)のお延の父が所望する呉梅村の詩をお延の家まで持っていった。そのとき取次に出たのは偶然にもお延だった。

漱石が、よく知られるこの高啓の逸話から、『明暗』の場面の構想を得たとい

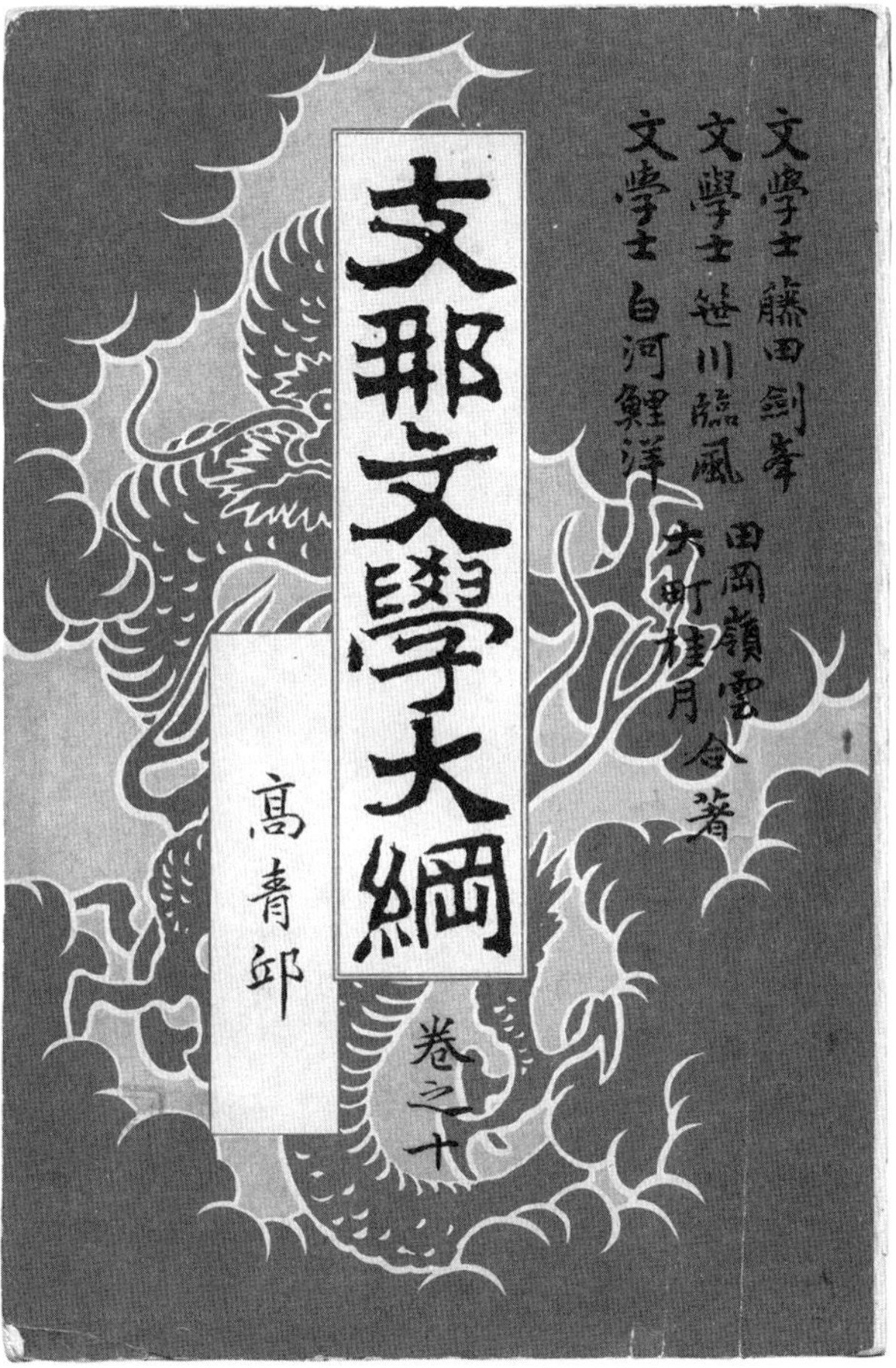

図４　『支那文学大綱　巻之十　高青邱』（大日本図書、明治32年）表紙。合著とあるが、シリーズのうち『高青邱』『屈原』『王漁洋』は田岡嶺雲の手になる。

う言い方もできよう。しかし、ここではより踏み込んでみよう。漢詩を蔵書し、愛読し、そして詩作のために利用している津田の父とお延の父とが、この高啓の詩才を語るエピソードを当然知っていたと設定されているのだ。その意味は小さくない。

一八九七年（明治三十）から一九〇四年（明治三十七）にかけて全十五巻出された『支那文学大綱』の巻之十は『高青邱』で、田岡嶺雲▲が高啓の人生を辿り、詩を紹介している。妻を詩で得たエピソードを記した部分はつぎのようにある。

> 彼は其年十八の時既に恋に落ちたり、其意中の人は即ち青邱の鉅室《きよしつ》周仲達の女《むすめ》、思慕徒《いたずら》に拙なるも而《し》かも当時其《その》乱離の中にありて家道傾き之を聘《へい》する能《あた》はず、嘗《かつ》て婦翁の家にゆき、其客位間にある蘆雁の図に一絶を題して曰く
>
> 西風吹折荻花枝、好鳥飛来羽翼垂、沙闊水寒魚不見、満身霜露立多時、
>
> 翁其語の悽切《せいせつ》なるに感じて、終《つい》に婚を為さしめしかば、青邱は世上幾多の詩人の如く失恋の恨を抱《いだき》て終世癒えざるの傷《いたみ》に悶《もだ》ゆるを免れたりき。▲

『明暗』主人公夫婦の親たちが、『明詩別裁』などの貸し借りにあたってその使いを年ごろの娘および息子に行わせることで、何を意図していたのか、もう見え

田岡嶺雲　批評家。中国文学者。明治三十二年（一八九九）に出した第一評論集『嶺雲揺曳《れいうんようえい》』が短時日のうちに二万部を売り上げ、その評論が著名だが、「支那文学大綱」の評伝のほかにも、自身の監修した『和訳漢文叢書』（玄黄社）のうち、『和訳老子・和訳荘子』明治四十三年（一九一〇）、『和訳墨子・和訳列子』明治四十四年（一九一一）などがある。中国文学・思想における近代的研究の先駆者である。

彼は……　田岡嶺雲（佐代治）『支那文学大綱　巻之十　高青邱』（大日本図書、一八九九年（明治三十二））一三―一四頁。新仮名遣いで振り仮名を加えた。

高　青　邱

して、入て滁州城に據り滁陽主と稱す。十三年五月泰州の民張士誠叉亂を作し、高郵に據る、大周と僭號し、元を建て丶元祐といふ、十一月丞相脫々、軍を督して高郵を征し、連戰克捷、賊勢大に蹙る、元の平章政事拾廉なる者、素より脫々と隙あり、脫々を譖して其官を削り、之を淮安に殺し、自是元の軍復振はず。至正十三年は實に高青邱が十八歲に當り實に其始めて其妻を有し家庭を成せるの時也、

(五)　其一家

彼は早く其怙恃を失へり、其風樹操は自ら之を傷んで作れるものなり

　朔風之飄々兮、維樹之搖々兮、吾思親之翹々兮、夕風之烈々兮、維樹之揭々、吾思親之慢々兮、樹之有風、猶可息兮、吾之無親、終不可復得兮、

然れども早く怙恃を失へる彼は貞淑の配を得て以て其憂を償へり、由來詩人は感情に富むなり、其才に於て早熟なる吾詩人は、また其感情に於ても早熟たるを免れざりしなり、彼は其年十八の時既に戀に落ちたり、其意中の人は即ち青邱の鉅室周仲達の女、思慕徒に切なるも而かも當時其亂離の中にあ

其の少壯時　　十三

支　那　文　學　大　綱

其の少壯時　　十四

りて家道傾き之を聘する能はず、嘗て婦翁の家にゆき、其客位間にある蘆雁の圖に一絕を題して曰く、

　西風吹折荻花枝、好鳥飛來羽翼垂、沙濶水寒魚不見、滿身霜露立多時、

翁其語の懷切なるに感じて、終に婚を爲さしめしかば、青邱は世上幾多の詩人の如く失戀の恨を抱て終世癒えざるの傷《いたみ》に悶ゆるを免れたりき、ハイテやバイロンやキヨニテや、皆其少時早く戀愛を味ひたり、而して彼等は皆失戀の苦きを味ひたりき、幸福なる吾詩人よ、彼はユーゴーの如く其少時の初戀を成して、幸福なる家庭の樂を享くるを得たる也、

其戀に成就したる彼は、啻に其當初に於て幸福なりしのみならず、其妻は實に彼が終生の好侶たりしなり、バイロンが『婚嫁は戀の甜き酒を酢の酸苦に變ぜしむるものなり』といひたる矯激の言は、吾詩人に於て其例を誤りたるなり、吾詩人は其一生を坎壈不遇に終りたりき、而かも其憂多き吾詩人の傍にありて、終始彼を慰藉したるものは彼の妻なりき、氷の如く冷かなる世情に對すの彼の不平も、鬱悶も、彼の春の如き溫情によりて、即ち融和せられ、消散せられ

図5　『支那文学大綱 高青邱』13・14頁。

てきたであろう。

漢籍の貸し借りの使いとして娘や息子を用いたのは、高啓の結婚までの経緯を知っている親たちによる舞台設定であった。お延の父はお延の結婚相手の候補を見極めるべく「座敷へ」津田を招いて「老人向《むき》の雑談」（七十九）を取り交わす。高啓の場合は、周の病がまだ治りきっていないため直接には会わず、高啓を客間に引き入れて詩を書かせるに留まったという違いがある。しかしながら、どちらも若い女の家への若い男の訪問で、結婚が急速にまとまることに変わりはない。

お延は、津田のことを自分で見出して、自分で保護者岡本に、彼のもとに嫁ぎたいと告げ、冒頭から結末まで自分の結婚を自分で決めた主人公で責任者であるという自覚がある。何度でもその始原に立ち返ろうとしている。彼女にとっての決定的場面がそれなのだ。

お延は自分で自分の夫を択んだ当時の事を憶《おも》ひ起《おこ》さない訳《わけ》に行かなかつた。津田を見出した彼女はすぐ彼を愛した。彼を愛した彼女はすぐ彼の許《もと》に嫁ぎたい希望を保護者に打ち明けた。さうして其許諾と共にすぐ彼に嫁いだ。冒頭から結末に至る迄、彼女は何時《いつ》でも彼女の主人公であつた。又責任者であつた。自分の料簡《りようけん》を余所《よそ》にして、他人の考へなどを頼《たよ》りたがつた覚《おぼえ》はいまだ

嘗《かつ》てなかつた。　　　　（六十五）

彼女が自らの意志を行使したと自覚し、頻繁に思い返したいその瞬間は、すでに他者の思惑《おもわく》により蹂躙《じゅうりん》されていたのである。親たちの発想は、お延が津田由雄に渡した『明詩別裁』中の高名な詩人の有名なエピソードに基づいていたわけだ。皮肉にも彼女は漢籍とともに親の意図を運ぶ役割を果たしたに過ぎず、じつに、そのことに無自覚であるために成り立つ、結婚の主人公としての自信であった。

三▼秋の「柳」が物語を導く

1　秋の「柳」の含意

お延の父と津田の父とは、明・清詩を好んで読んでいるらしい。彼らにとって、詩作の参考書としての利用価値以外に何か理由があるか、探ってみよう。この小説の世界が具体的に広がってゆく現場をお見せしたい。漢籍の蔵書家らしい津田の父の出身地は東京である。

東京に生れて東京に育つた其父は、何ぞといふとすぐ上方《かみがた》の悪口を云ひたがる癖に、何時《いつ》か永住の目的をもつて京都に落ち付いてしまつた。（十五）

津田の父はすぐに「上方の悪口」を言いたがるという。ここから推察できることは、津田家は江戸幕府に仕えていたのかもしれないということである。江戸幕府の遺臣であるから、長州藩などと結託した京都の悪口を、何かにつけて言いたくなるのだ。たとえば、三条実美《さんじょうさねとみ》は尊皇攘夷派の公家として、文久二年（一八六二）、京都から江戸に出向き、十四代将軍の徳川家茂《いえもち》に攘夷を督促し、慶応三年（一八六七）の王政復古以後、天皇の側近として補佐し、明治新政府では内大臣に就任したのは周知のところである。

そのような上方を脇目に見てきて憤懣を抱えた津田の父が、『明詩別裁』や呉梅村といった明・清の詩を所持し、また、それをお延の父が借りようとする。その嗜好のひだに分け入ろう。

『明暗』の小説内現在は、日脚の短くなった「秋」（十八）である。秋の柳が多出する。入院中の津田の部屋からは、洗濯屋の前に植わった柳が見える。

> 洗濯屋の前にある一本の柳の枝が白い干物《ほしもの》と一所になつて軽く揺れてゐた。
> （百十四）

このような秋の柳に彩られた舞台設定は、『明詩別裁』に収められた詩にも多い。まず目立つ、高啓の詩として最後に置かれた「秋柳」、および、清朝考証学開祖である顧炎武《こえんぶ》▲（顧絳《ここう》）による「賦得秋柳」がある。ともに同じ、魏晋のエピソード集『世説新語』▲言語第二にある故事を踏まえる。

顧炎武　『明詩別裁』では顧絳という名で掲載される。顧絳は初名。明の滅亡後、炎武と改める。彼の母は、明末、絶食して殉死した。「満州王朝に仕えてはならぬ」という遺言を残したという（小野和子『清代学術概論——中国のルネッサンス』、平凡社東洋文庫、一九七四年、二七頁）。

『世説新語』　後漢末から魏晋に至る、逸話や人物批評を集めたエピソード集。劉義慶《りゅうぎけい》撰。劉孝《りゅうこう》標注。なお、『世説新語』に初めて訓点を施したのは、林羅山の息子である林鵞峰である。

桓温自江陵……『箋註宋元明詩選』下、巻之四（青木嵩山堂、明治三十二年（一八九九））九丁表。漱石の蔵書は明治四十一年（一九〇八）の同書。振り仮名は現代仮名遣いで加えた。

中国歴代王朝年表

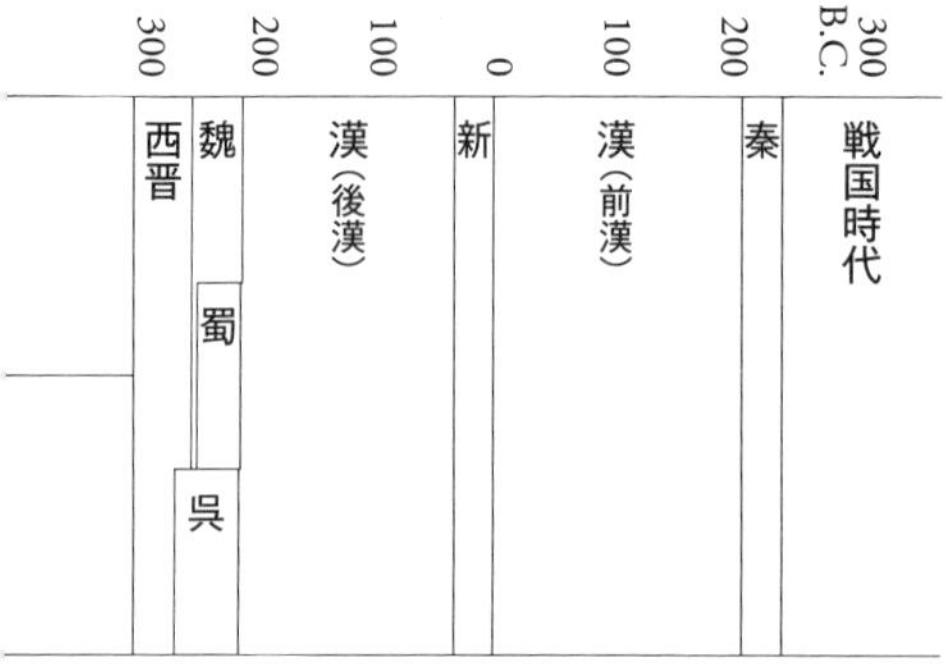

漱石の蔵書する『箋註宋元明詩選』には顧炎武（顧絳）による「賦得秋柳」が「秋柳」という題で収められ、そこには「世説」と割註が付いている。その註に基づいて『世説新語』に載る柳をめぐるエピソードを先に確認しておこう。

桓温自江陵北征経金城。見少為瑯琊時、所種柳皆十囲。慨然歎曰。樹猶如此。人何以堪▲。

【書き下し文】

桓温江陵より北征し金城を経たり。少《わか》くして琅邪《ろうや》為《た》りし時、種ゑし所の柳皆十囲《じゅうい》なるを見るに、慨然として嘆じて曰く、樹すら猶ほ此《か》くの如し。人何ぞ以て堪《た》へんや。

【私訳】

桓温は江陵から北方征伐に行き、その折《おり》金城を通りかかった。若くして内政官だった時植えた柳がみなすでに十囲になっているのを見ると、嘆いて言った。木ですらこんなになってしまうところを、人がどうして変わらずにいられようかと。

東晋の桓温は、大司馬という軍事総司令官の地位にいたので桓司馬と呼ばれた。

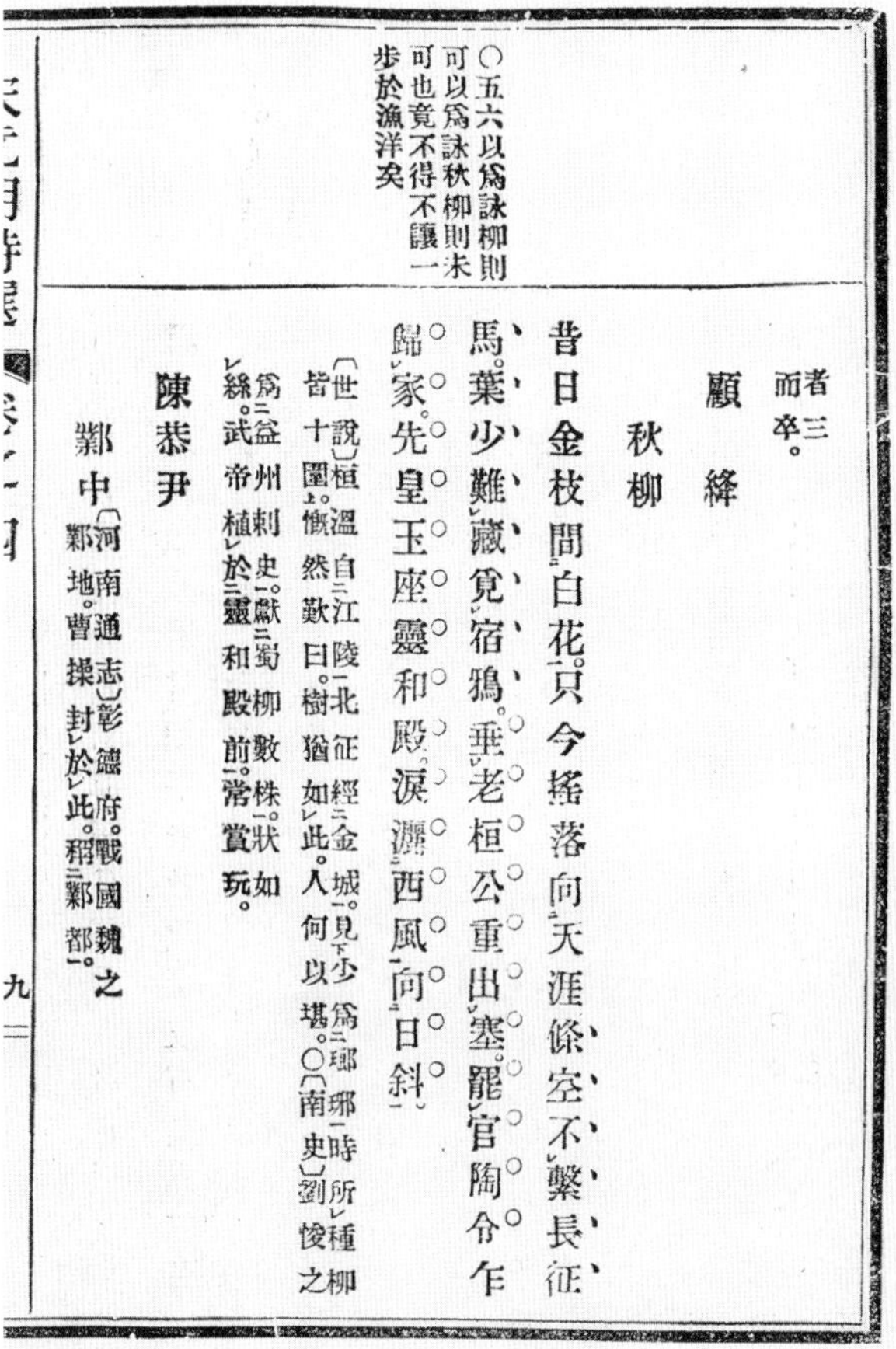

○五六以爲詠柳則可以爲詠秋柳則未可也竟不得不讓一步於漁洋矣

者三而卒。

顧絳

秋柳

昔日金枝間白花。只今搖落向天涯。條空不繫長征馬。葉少難藏覓宿鴉。垂老桓公重出塞。罷官陶令乍歸家。先皇玉座靈和殿。淚灑西風向日斜。

〔世說〕桓溫自江陵北征經金城。見少爲琅琊時所種柳皆十圍。慨然歎曰。樹猶如此。人何以堪。○〔南史〕劉悛之爲益州刺史。獻蜀柳數株。狀如絲。武帝植於靈和殿前。常賞玩。

陳恭尹

鄴中〔河南通志〕彰德府。戰國魏之鄴地。曹操封於此。稱鄴都。

図６　『箋註宋元明詩選』下（青木嵩山堂、明治32年、巻之四）９丁表。漱石の蔵書は明治41年の同書。評訂した近藤元粋は伊予松山の漢学者、儒学者。

中国史では、漢民族と周辺地域にいる異民族との闘争が絶えまなく行われてきた。文字資料を残すのはえてして中国側のため、異民族制圧者が後世に称賛されがちである。桓温もその一人だ。東晋時代、漢民族の勢力が盛り返すなか、北方の匈奴は手ごわい相手であった。三五四年、桓温は東晋王朝に北伐を命じられた▲。その途上、金城に通りかかったところ、以前琅邪の官職にあったときに植えた柳が皆、十囲にもなっていた。一囲は両手の親指と人差し指とで輪を作った大きさで、その十倍である。樹木ですらこんなに変わるのだから、ましてや人間はと、柳の変化と人間の変化が重ねられている。人間の変化とは、具体的に言えば、自分自身の変化や、自分に対する王朝の扱いの変化を指す。

実際の『世説新語』にはつぎの語句が続く。

攀枝執條、泫然流涙▲。

【書き下し文】

枝を攀《よぢ》り條《じょう》を執り、泫然《げんぜん》として涙を流せり。

【私訳】

枝を引き寄せ、小枝を握り、はらはらと涙を流した。

桓温の北伐　桓温軍が覇上（陝西省）に達したとき、漢民族の住民は、牛肉と酒を捧げて歓迎したという。桓温は三五六年、西晋の旧都洛陽奪還に成功した。西晋王朝が匈奴軍に滅ぼされてから四十年近く経っていた。

攀枝執條……『世説新語』上（目加田誠註解、新釈漢文大系、明治書院、一九七五年）一五一頁。

柳の枝を引き寄せて泣いた桓温は、何を慨嘆したのか。桓温は、三国時代の一国、魏（二二〇―六五年）において曹爽《そうそう》▲の知恵袋だった桓範の孫である。二四九年、司馬懿《しばい》がクーデターで曹爽一派を殲滅《せんめつ》したとき、桓範も処刑され、三族（父母・妻子・兄弟姉妹）皆殺しにされたはずだった。その後、司馬一族は東晋王朝（三一七―四二〇）の主となる。身を窶《やつ》していたのか、なぜか生き延びていた桓温の父と桓温は、東晋王朝に忠誠を尽くす。にもかかわらず、東晋王朝から強大な力を疎まれ、桓温は北伐に派遣された。その彼が柳を見て思い出す昔とは、自分の祖父桓範の代まで遡っていよう。

『明詩別裁』に収められた二つの詩、高啓「秋柳」と顧炎武（顧絳）「賦得秋柳」とがともに、皇帝からの不当な扱いに甘んじた、何代にもわたる遺恨を語った故事をふまえる。『明暗』読者にとって、このことは気に留めておいてよい。

高啓「秋柳」は漱石蔵書の『高青邱詩醇』四（巻之六）にも収められている。▲七言絶句である。

秋柳

欲挽長條已不堪　都門無復旧毿毿　此時愁殺桓司馬　暮雨秋風満漢南▲

【書き下し文】

曹爽　魏皇室の一族。司馬懿を退け、政治の実権を掌握するが、明帝皇后の郭皇后を抱き込んだ司馬懿の策略に及ばず、降伏する。

漱石と高啓「秋柳」　漱石は英国留学中に作ったと思われる文学理論を構築するための下書きとおぼしき「Affectation」と題したノートで、「「別処秋尤多」（高青邱）」と記している（『漱石全集』第二十一巻、岩波書店、一九九七年、四九三頁）。これは高啓の五言律詩「送易従事祖飲南渚」（易従事を送りて南渚に祖飲す）の第二句「別処最秋多」（別るる処最も秋多し）のことを指している。この詩にも「楊」が出てくる。「疎楊映老荷」（疎楊、老荷を映す）（前掲『高青邱詩醇』一二、一〇丁表）。

欲挽長條……　『明詩別裁』一、巻一（前川善兵衛他、刊行年不明）二九丁表。

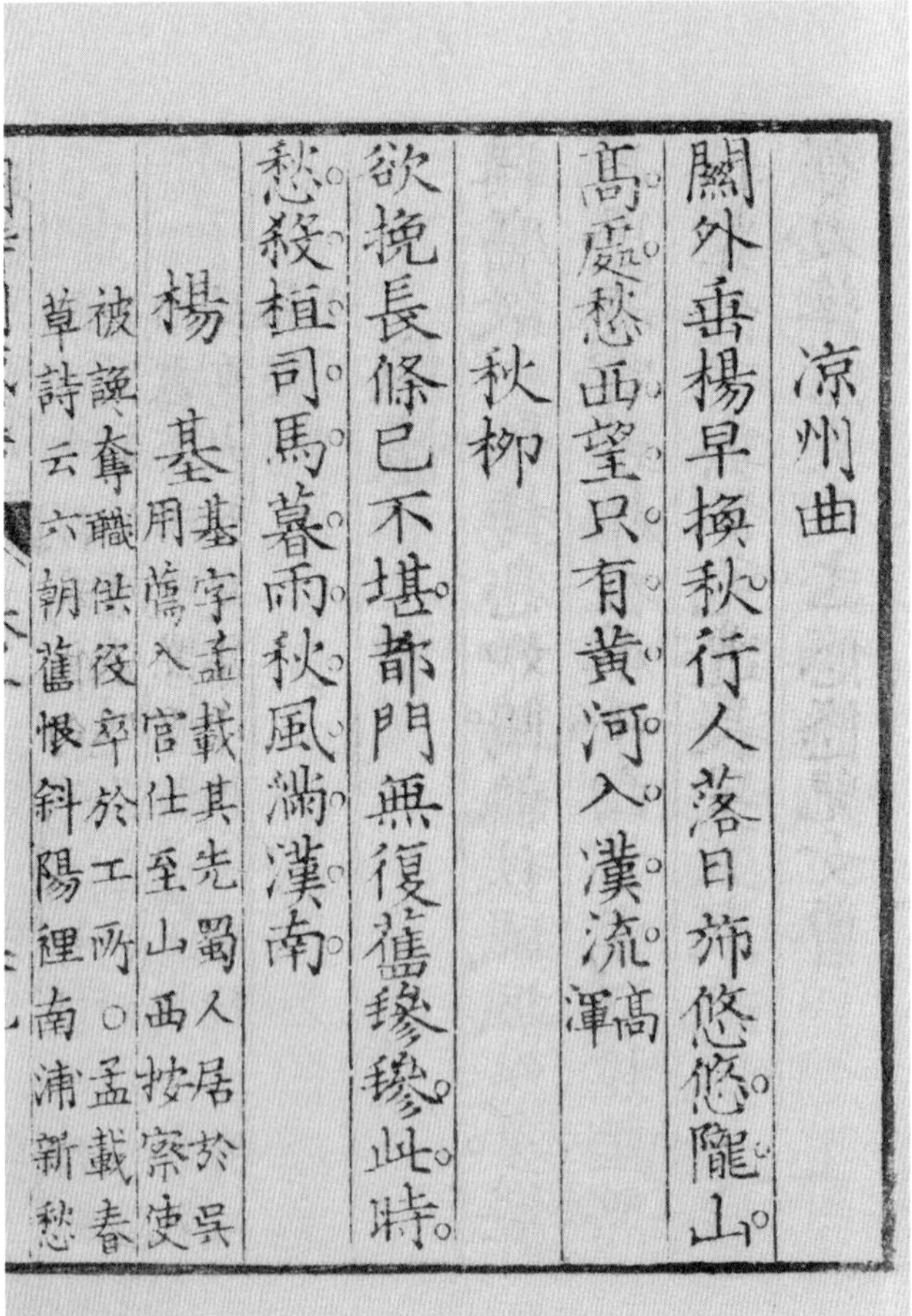

凉州曲

關外垂楊早換秋行人落日旆悠悠隴山
高處愁西望只有黃河入漢流渾高

秋柳

欲挽長條已不堪都門無復舊毿毿此時
愁殺桓司馬暮雨秋風滿漢南

楊　基　基字孟載其先蜀人居於呉用薦入官仕至山西按察使

被譴奪職供役卒於工所○孟載春
草詩云六朝舊恨斜陽裡南浦新愁

図7　『明詩別裁』一（巻一、前川善兵衛他、刊行年不明）29丁表。

秋柳
長條を挽《ひ》かむと欲するも　すでに堪へず
都門　復《ま》た旧毿毿《さんさん》無し
此時　愁殺す　桓司馬
暮雨秋風　漢南に満つ▲

【私訳】
柳の長い枝を引き寄せようとするだけで、すでにもうこらえきれない。
都（南京）の門には、二度とあのふさふさと垂れ下がった葉が繁らないのだから。
このような時だ、桓司馬をひどく悲しませたのは。
日暮れの雨、秋の風は、漢水（長江の支流）の南に満ちて。▲

高啓の詩は、桓温が柳を見て祖父桓範の代まで溯って回顧し、涙するその姿に言及することでやはり、長江流域の漢南に加えられる、皇帝からの不当な圧力に対する抗議となっている。蘇州を首都とする張士誠による小国を高啓の祖国と考えるなら、彼も亡国の民だ。

日暮れの雨とは漢南地方から流れる涙のようである。柳は中国で別れの場面に

長條を挽かむ……　『続国訳漢文大成　高青邱』四（文学部第十九―二十二巻、久保天随訳解、国民文庫刊行会、一九三〇年）四二一―四二二頁を参考に書き下した。

柳の長い枝を……　福本雅一『中国の名詩鑑賞九〈元・明詩〉』（明治書院、一九七六年）六七頁を参考に訳した。

欠かせない。とくに秋の柳は、心変わりを象徴する。高啓の詩では、手のひらを返すような皇帝の仕打ちに対する恨み、および、積もり積もった遺恨を追想させる手段である。恐怖政治の下、直接にものが言えないとき、分かる人には分かる寓意が込められた。

つづいて、顧炎武（顧絳）による「賦得秋柳」を見ておこう。顧炎武（顧絳）の詩は、『明詩別裁』巻十一に、十五首も収められている。

賦得秋柳

昔日金枝閒白花　只今揺落向天涯　條空不繫長征馬　葉少難蔵覓宿鴉　垂老桓公重出塞　罷官陶令乍帰家　先皇玉座霊和殿　涙灑西風向日斜▲

【書き下し文】

秋柳を賦し得たり
昔日　金枝　白花に閒《まじ》る
只今　揺落　天涯《てんがい》に向ふ
條《えだ》空しくして　長征の馬を繋がず
葉少くして　宿を覓《もと》むる鴉を蔵《かく》し難し
老垂《おいなんなん》とす桓公　重ねて塞《さい》を出で

昔日金枝……　前掲『明詩別裁』（巻十一）二七丁表・裏。

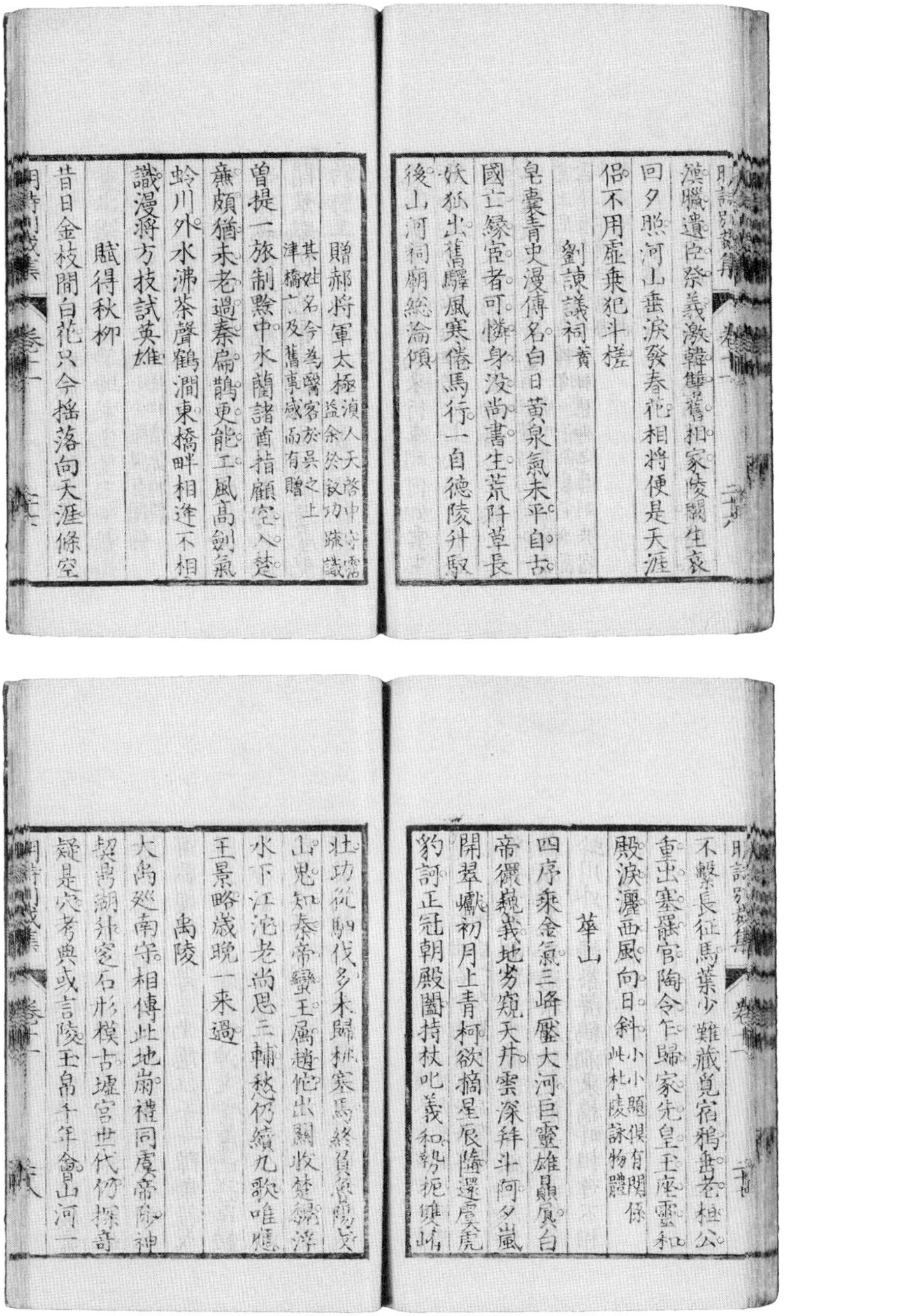
漢臘遺臣祭義激韓讐舊相家陵闕生哀
回夕照河山垂淚發春花相將便是天涯
侶不用虛乗犯斗槎
劉諫議祠 黄
皂囊青史漫傳名白日黄泉氣未平自古
國亡緣宦者可憐身沒尚書生荒阡草長
妖狐出舊驛風寒倦馬行一自徳陵升馭
後山河祠廟總淪傾

贈郝將軍太極 滇人天啓中守瀘
其姓名今為醫客於呉之上津橋亡及舊事感而有贈
曾提一旅制黔中水藺諸酋指顧空入楚
蕪頻猶未老過秦扁鵲更能工風高劍氣
蛉川外水沸茶聲鶴澗東橋畔相逢不相
識漫將方技試英雄
賦得秋柳
昔日金枝間白花只今揺落向天涯條空

不繫長征馬葉少難藏覓宿鴉垂老桓公
重出塞罷官陶令乍歸家先皇玉座靈和
殿淚灑西風向日斜 小小題俱有闗係此杜陵詠物體
華山
四序乗金氣三峰壓大河巨靈雄鼎負白
帝彌巍莪地勞窺天井雲深拜斗阿夕嵐
開翠孅初月上青柯欲摘星辰隣還虞虎
豹訶正冠朝殿闕持杖叱羲和

山鬼知秦帝變王屬趙佗出關收楚
水下江沱老尚思三輔愁仍續九歌唯憶
王景略歳晩一来過
禹陵
大禹巡南守相傳此地崩禮同虞帝陟神
契禹湖非窆石形模古墟宮世代仍探奇
疑是穴考典或言陵玉帛千年會山河一

図8　『明詩別裁』巻十一、27丁表・裏。

官を罷めて　陶令《とうれい》　乍《たちま》ち家に帰る
先皇の玉座　霊和殿
涙　西風に灑《そそ》いで　向日　斜《ななめ》なり▲

【私訳】

かつては黄金の枝が白い花とまじりあっていた柳
今は秋を迎えてすっかり葉の落ちた枝を天の彼方《かなた》へ伸ばしている。
枝がなくなり、遠い旅に行く馬もつなげず
葉が少なくなり、ねぐらを求める鴉を隠すことも難しい。
老年になりつつある桓温がまたもや国境外に出征したら柳が十囲になっていたし
官吏を辞めた陶淵明が故郷に帰ると五本の柳が彼を迎えたというのに
先帝の玉座のあった霊和殿はいまやむなしい。
傾く日差しを受けて西風に揺れる柳を見て涙を西風に注ぐ。▲

先に示したとおり、漱石蔵書『箋註宋元明詩選』には割註が付き、この詩は『世説新語』をふまえると明記されている。つまり、漱石は、桓温が秋柳に涙した三〇〇年代のエピソードが、明から清にかけての漢詩において含意を持って繰

秋柳を賦し得たり……　近藤光男『清詩選』（漢詩大系、集英社、一九六七年）四八頁を参考に書き下した。なお、こちらの本文は『顧亭林先生詩箋注』巻七から採られており、「垂老」が「老去」、「向日」が「夕日」となっている。

かつては黄金の……　前掲書および清水茂『顧炎武集』（中国文明選第七巻、朝日新聞社、一九七四年）九〇―九二頁を参考にして訳した。

り返される状況を認識していた。

顧炎武がこの詩を詠んだのはすでに満州民族による王朝、清代であり、漢民族による奪還を率いた桓温の見た柳と比べながら現状を憂うのは、明らかに亡国の念をにじませている。

津田の父は、佐幕派を自認しているのではないだろうか。薩長閥による明治新政権のもと、亡国の感があったはずだ。だからこそ、亡国の調べの響く明・清詩を蒐集していると判明する。『明暗』にはこのような音色も響いている。耳を傾けさえすれば、当時の日本の直前の時代の中国、そして古代中国まで雄飛できる言葉の世界、それが『明暗』である。

2 呉梅村詩による誘導

再度、お延と津田との出会いが記されている箇所を検討する。お延の父は、呉梅村の詩を所望していた。梅村は号で、呉偉業のことである。呉梅村も、国の支配民族と最高権力者が変わることで、翻弄された。彼は明・清に仕えた「弐臣《じしん》」となってしまったことを悔い続けた詩人として知られる。

津田は、お延の父が手紙で指定してあった借りようとする漢籍を見つけられなかったため、お延をいったん帰し、その後、お延の父の望みの本を見つけて、午後にわざわざ持ってきたという。そのとき初めて、お延は、父の手紙で所望されていた本が「呉梅村詩」で、『明詩別裁』の「約三倍の量」があることを見る。お延の父は、明の詩を読み終わって、そのつぎに呉梅村の詩を借りようと思ったのだ。

　すると其日の午後由雄が向《むこ》ふから望みの本をわざ〱持つて来て呉《く》れた。偶然にもお延が其取次に出た。二人は又顔を見合せた。さうして今度はすぐ両方で両方を認め合つた。由雄の手に提《さ》げた書物は、今朝お延の返しに行つたものに比べると、約三倍の量があつた。彼はそれを更紗《さらさ》の風呂敷に包んで、恰《あたか》も鳥籠でもぶら下げてゐるやうな具合にしてお延に示した。

　彼は招《しよう》ぜられるまゝに座敷へ上《あが》つてお延の父と話をした。お延から云へば、とても若い人には堪《た》へられさうもない老人向《むき》の雑談を、別に迷惑さうな様子もなく、方角違《ちがい》の父と取《と》り換《か》はせた。彼は自分の持つて来た本に就いては何事も知らなかつた。お延の返しに行つた本に就いては猶知らなかつた。劃《かく》の多い四角な字の重なつてゐる書物は全く読めないのだと断つた。それでも此方《こちら》から借りに行つた呉梅村詩といふ四文字を的《あて》に、書棚を彼方此方《あつちこつち》と探して呉れたのであつた。父はあつく彼の好意を感謝した。……
お延の眼には其時の彼がちら〳〵した。其時の彼は今の彼と別人《べつにん》ではなかつた。といつて、今の彼と同人《どうにん》でもなかつた。平たく云へば、同じ人が変《かわ》つたのであつた。最初無関心に見えた彼は、段々自分の方に牽《ひ》き付けられるやうに変つて来た。一旦牽き付けられた彼は、また次第に自分から離れるやうに変つて行くのではなからうか。彼女の疑《うたがい》は殆《ほと》んど彼女の事実であつた。彼女は其疑を拭《ぬぐ》ひ去るために、其事実を引ッ繰り返さなければならなかつた。
（七十九）

小説家側が読者に期待するのはどのような読みかただろう。この場面の場合、主人公のひとり、お延の立場に成り代わったかのように読んでくれるのは、ある意味、理想的だろう。自分の夫にふさわしい年格好の親切そうな男性から、丁寧に探し出された呉梅村詩を手渡される。その詩の内容を、それを所望した父に尋ねないことはまずあるまい。何でも把握しておきたいお延の性格からいって、こう進むのは当然だと推測可能なようにできている。

そもそもお延が両親宛ての手紙を書きあぐねて思い起こした当時の様子である。書くことと、読めない内容を知ろうとすることとは、連関があると示されている。

呉梅村は明の時代、一六〇九年に生まれ、清の時代、一六七一年に逝去する。やはり蘇州で生まれ育った。一六四四年、明の崇禎帝《すうていてい》が自殺に追い込まれたと聞いて縊死《いし》して殉じようとしたけれども家族に止められ、果たせず、満州民族の王朝、清においても召し出されて仕えた。▲

彼は、歴史の悲劇を詩にしようと力を注ぎ、多くの長編史詩を残した。▲漢民族王朝だった明への郷愁や、新しい清王朝への非難はもちろん憚《はばか》らなければならない。そのため、類似の過去の事件や典故を用いて明示を避けるように詩作をする。にもかかわらず、戦中・戦後の民を描いて、痛切である。

ここでは呉梅村の史詩ではなく、個人的感情を詠み込んだ詩の方を取り上げてみよう。『梅村集』巻十一より「琴河《きんが》感旧 並序」である。

詩の序でまず、詩の詠まれた私的な事情が語られる。南京城内を貫流して長江に注ぐ川の、秦淮《しんわい》という流域の妓楼にいた女性とのロマンスを詩にするとある。

琴河感旧 並序

楓林霜信、放棹琴河。忽聞、秦淮卞生賽賽到自白下、適逢紅葉。余因客座、偶話旧游。主人命犢車以迎来、持羽觴而待至。停驂初報、伝語更衣。已託病痁、遷延不出。知其憔悴自傷、亦将委身於人矣。

呉梅村は明の……　「弐臣伝乙」（『清史列伝』第二十冊、王鐘翰点校、中華書局出版、一九八七年）六五五二頁。呉梅村は、順治《じゅんち》二年（一六四五）、北京で国子監祭酒（大学総長）に任じられた。在任期間は二年。

長編史詩　呉梅村は歴史の悲劇を多く長編の哀歌の詩にした。中国が満州人に委ねられることになった経緯がしばしば詩のなかに詠み込まれる。とくに有名なのが、清軍への呉三桂の降伏に対する憤慨を述べた「圓圓曲」である。

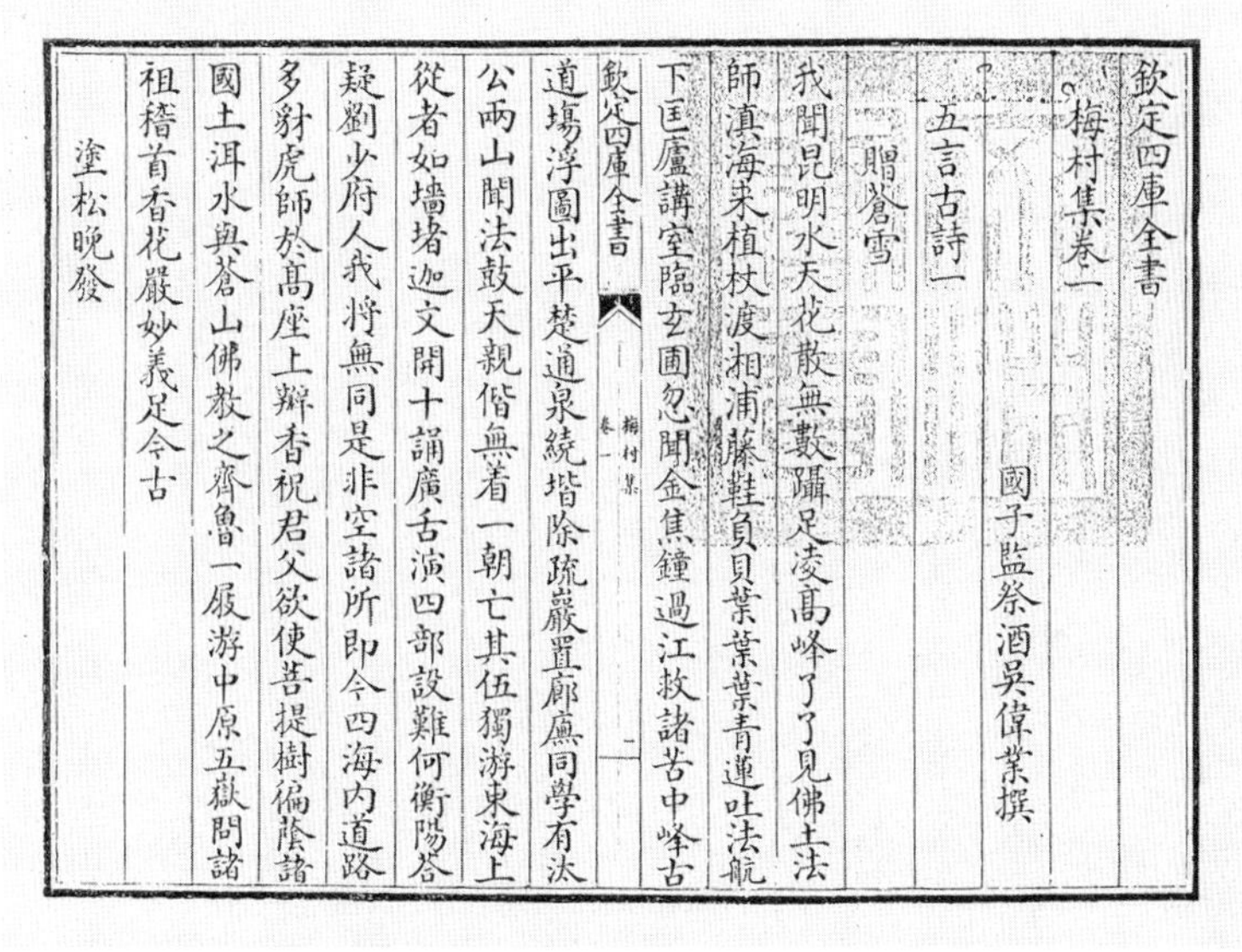

欽定四庫全書
梅村集卷一　國子監祭酒吳偉業撰
五言古詩一
贈蒼雪
我聞昆明水天花散無數躡足凌高峰了了見佛土法
師滇海來植杖渡湘浦藤鞋負貝葉葉葉青蓮吐法航
下匡廬講室臨玄圃忽聞金焦鐘過江救諸苦中峰古
欽定四庫全書　梅村集 卷一　二
道場浮圖出平楚道泉繞堦除疏巖置廊廡同學有汰
公兩山聞法鼓天親偕無着一朝亡其伍獨游東海上
從者如墻堵迦文開十誦廣舌演四部設難何衡陽答
疑劉少府人我將無同是非空諸所即今四海內道路
多豺虎師於高座上辯香祝君父欲使菩提樹徧蔭諸
國土洱水與蒼山佛教之齊魯一屐游中原五嶽問諸
祖稽首香花嚴妙義足今古
塗松晚發

図9　『梅村集』（文淵閣四庫全書 集部 四五五、台湾商務印書館、1986年）。四庫全書とは清の乾隆帝の勅命により編纂された漢籍叢書。四部分類（経・史・子・集）によって整理されている。

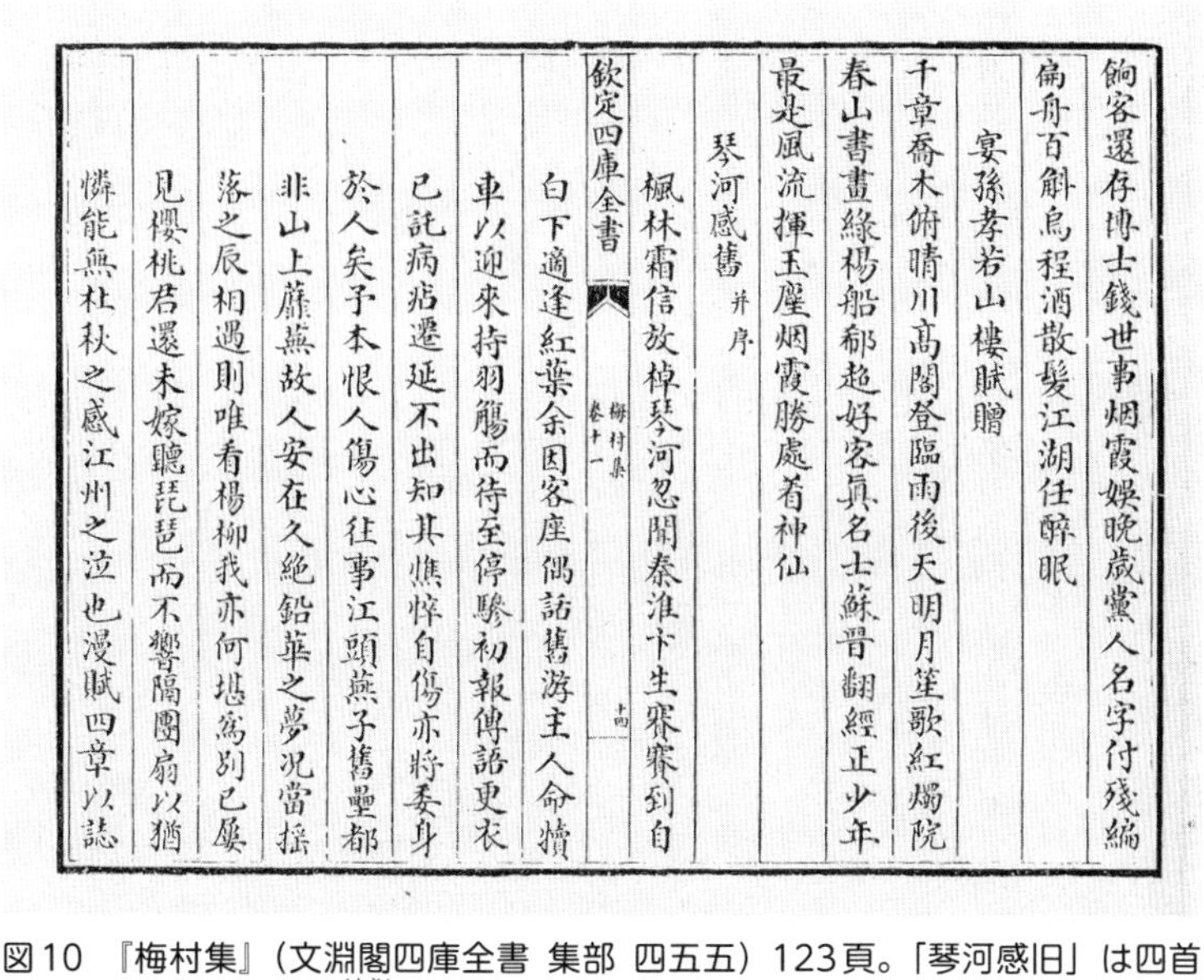

餉客還存博士錢世事烟霞娛晚歲黨人名字付殘編
扁舟百斛烏程酒散髮江湖任醉眠
宴孫孝若山樓賦贈
千章喬木俯晴川高閣登臨雨後天明月笙歌紅燭院
春山書畫綠楊船郗超好客眞名士蘇晉翻經正少年
最是風流揮玉麈烟霞勝處着神仙
琴河感舊 并序
楓林霜信放棹琴河忽聞秦淮卞生賽賽到白
欽定四庫全書　梅村集 卷十一　十四
下適逢紅葉余因客座偶話舊游主人命犢
車以迎來持羽觴而待至停驂初報傳語更衣
已託病痁遷延不出知其憔悴自傷亦將委身
於人矣予本恨人傷心往事江頭燕子舊壘都
非山上蘼蕪故人安在久絕鉛華之夢況當搖
落之辰相遇則唯看楊柳我亦何堪爲別已屢
見櫻桃君還未嫁聽琵琶而不響隔團扇以猶
憐能無杜秋之感江州之泣也漫賦四章以誌

図10　『梅村集』（文淵閣四庫全書 集部 四五五）123頁。「琴河感旧」は四首にわたる。秦淮の名妓卞賽《べんさい》と梅村との交情が記される。

予本恨人、傷心往事。江頭燕子、旧塁都非。山上蘼蕪、故人安在。久絶鉛華之夢。況当揺落之辰。相遇則唯看楊柳。我亦何堪。為別已屢見桜桃。君還未嫁。聴琵琶而不響。隔団扇以猶憐。能無杜秋之感江州之泣也。漫賦四章、以誌其事。▲

【書き下し文】

琴河感旧並びに序

楓林《ふうりん》の霜信に、棹を琴河に放つ。忽ち聞く、秦淮《しんわい》の卞生賽賽《べんせいさいさい》　白下《はくか》自《よ》り到り、適《たま》ま紅葉に逢ふと。余、客の座に因り、偶々旧游《たまたまきゅうゆう》を話《かた》る。主人犢車《とくしゃ》を命じ以て迎へ来たらしめ、羽觴《うしょう》を持ちて至るを待つ。停驂《ていさん》初めて報じ、更衣するを伝語す。已《すで》に痁《おこり》を病むに託し、遷延して出でず。其の憔悴自ら傷《いた》み、亦《ま》た将《まさ》に身を人に委ねんとするを知る。

予本《われもと》恨人、往事を傷心す。江頭の燕子、旧塁都《すべて》非なり。山上の蘼蕪《びぶ》、故人安《いず》くに在りや。久しく鉛華の夢を絶つ。況んや揺落の辰《とき》に当るをや。相ひ遇へば、則唯だ楊柳を看る。我れ亦た何ぞ堪へん。別れを為して已《すで》に屢《しばし》ば桜桃を見る。君還《ま》た未だ嫁せず。琵琶を聴くも響かず。団扇を隔てて以て猶ほ憐れむ。能く杜秋の感、江州の泣無からんや。漫《そぞろ》に四章を賦し、以て其事を誌す。▲

楓林霜信…… 『梅村集』（文淵閣四庫全書、集部、四五五、台湾商務印書館、一九八六年）一二三頁。句読点、改行を施す。

楓林の霜信に…… 『呉偉業』（中国詩人選集第二集第十二巻、福本雅一注、岩波書店、一九六二年）三八―四四頁を参考に、書き下し、訳を作成した。

琴河　江蘇州常熟《じょうじゅく》県にある琴川。

【私訳】

楓《ふう》の林に霜が降りたという報《しら》せに、棹を琴河▲にさしたとき、たちまち聞いた、秦淮の卞賽《べんさい》がたまたま紅葉の季節に南京から来たと。私はある家の客の座にいて、偶然卞賽とのロマンスを語った。主人は牛車を命じて彼女を迎えさせた。羽の飾りのついた杯を手にして、その到着を待っていた。車が停《と》まったと初めて報じられ、着替えていると伝えてきた。そのうちおこりの発作が起こったという口実で、ぐずぐずして何度呼んでも出てこない。彼女はやつれているのを自分で悲しく思ったらしい。また、ちかぢか誰かの世話になろうとしていることを知った。

私は、もともとセンチメンタリストで、昔のことにいつも心を傷《いた》めている。江のほとりの燕《つばめ》よ、お前の飛ぶあたりにあった要塞も、全く何の役にも立たなかった。山上のおんなかずらよ、昔の女はどこにいってしまったんだろう。久しくおしろいに関わる夢を絶っている。ましてやこの落ち葉の時期に当たるとき、互いに逢える機会なのに、ただ柳を見るだけ。私はどうしてまた堪えられようか。別れてからすでに何度も桜桃《おうとう》（ゆすらうめ）を見たが、君はまだ嫁いでいない。琵琶を聴きたいと思っても響かせてくれず、うちわで顔を覆って未《み》練気《れんげ》な様子だ。

誰かあの薄幸な杜秋の気持ちになり、江州の涙を流さない者がいるだろうか。筆のままに四首の詩を作って、ことの次第を記した。

呉梅村は、客として訪れていた主人の手配によって、昔つきあった女に逢える機会があった。しかしその女は病気を口実に、なかなか姿を現さない。呉梅村はただ柳を見させられているだけなのをかこつ。この楊柳も、東晋の桓温が「樹すら猶ほ此くの如し、人何ぞ以て堪へんや」と慨嘆し、柳を見て涙したことが典拠となっている。

たまたま逢える機会に逢えずに、昔の柳を見るだけとは、堪えられようか、柳が変化したようにあなたも心変わりしたのだろうかという。心変わりと秋の散る柳とが重ねられる。

この呉梅村の自伝的詩は、『明暗』後半部、津田由雄が、吉川夫人の画策で、温泉地で流産後の静養中の、かつての恋人清子に逢いに出かけたというのとよく似る。論証してゆこう。

入院中ひとりでいるとき津田は、医院に隣接する洗濯屋にある柳をたいそう気にかけている。柳の木の後ろには赤い煉瓦《れんが》作りの倉がある。津田はひとりでいるときに柳の木を眺めているようだ。その眺めている最中に、誰かが階段を鳴らし

杜秋の気持ち　杜秋とは唐の将軍李《り》錡《き》の妻。杜牧《とぼく》の「杜秋娘《としゅうじょう》」にその数奇な運命が歌われ、知られる。

江州の涙　唐の白居易が江州（江西省九江《きゅうこう》）に左遷されたときに作った「琵琶行《びわこう》」の末句に詠まれた涙をいう。

この楊柳も……　前掲『呉偉業』、三九頁。

て病室に上がって来る。

柳の木の後《うしろ》にある赤い煉瓦作りの倉に、山形《やまがた》の下に一を引いた屋号のやうな紋が付いてゐて、其左右に何の為とも解《わか》らない、大きな折釘《おれくぎ》に似たものが壁の中から突き出してゐる所を、津田が見るとも見ないとも片の付かない眼で、ぼんやり眺めてゐた時、遠慮のない足音が急に聞こえて、誰かゞ階子段《はしごだん》を、どし〳〵上《のぼ》つて来た。（百十六）

『明暗』後半部、津田は、彼との結婚目前にして突然、身を翻して関という男のもとに嫁いだ清子との再会へ向かう。津田は、吉川夫人という、上司の夫人の手引きによって、清子がひとりで静養している温泉へ、療養に出かけてゆくのだ。吉川夫人は津田の病室で「男らしく未練の片を付けて来るんです」（百四十）とはっぱをかけた。

『明暗』は、呉梅村が自身で語るこのロマンスをふまえているのではないか。この小説内で、呉梅村詩は、お延の父が津田の父に借りたいと言って、津田が探してお延の家に持参した詩集である。その「果断」な行為は、お延に津田を選ばせるきっかけとなった。彼が自分の父宛ての手紙を無断で読んで持参した、お延には難しげな漢籍が、お延に、津田をより魅力的に〈読ませ〉て過大評価を導いたと言ってよい。

しかしながら、お延の〈読み〉は甘かった。いまや彼女は津田との結婚を内心、後悔しがちである。津田は、他の女との関係で、呉梅村の、序まで付けている長編詩と、似た展開へと突っ込んでゆく。

お延からすると、皮肉な進行だ。自分が結婚相手を見出すきっかけとなった、その漢籍に書かれていたとおりに、夫はある女主人の手配によって、かつて結婚までしようとしていた女と、彼女に隠れて会おうとしている。

四▶手にした漢籍が世界を駆動する

1　嵌めこまれた予言の書

『明暗』において「呉梅村詩」（七十九）は、清子にふられた津田と、自分で夫を見つけたかったお延との縁結びの役割を果たした。二人のあいだで手渡しされた呉梅村詩は、この小説の単なる装飾品ではなかったのである。手にした者たちに読まれていないのに、その者たちを形成する書物と言えようか。

呉梅村詩はお延と津田とのあいだを取り持つ書物であったばかりではない。お延にとって皮肉なことに、津田がかつて恋人としていたつもりであった清子に、逢いに出かけるさまや、はじめ津田を避ける様子を見せた清子のふるまいまでをも予言している。ひきつづき、呉梅村「琴河感旧」を読んでみよう。

其三

［……］青山憔悴卿憐我　紅粉飄零我憶卿　記得横塘秋夜好　玉釵恩重是前

青山憔悴……　前掲『梅村集』、一二三頁。

生▲

【書き下し文】

青山《せいざん》憔悴して　卿《けい》　我れを憐れみ
紅粉《こうふん》　飄零《ひょうれい》して　我れ　卿を憶《おも》ふ
記し得たり　横塘《おうとう》の秋夜の好《よ》きを
玉釵《ぎょくさ》　恩重きは　是れ前生

【私訳】

私の青い上衣（下級官吏の制服）はほころびて、あなた（卿は親しみをこめて男が女を呼ぶ二人称）は私を憐れむでしょう。
紅おしろいも飛び散ってやつれてしまったあなたを、私はしきりに想う。
横塘《おうとう》の秋の夜の好かったことを憶えているでしょう。
玉のかんざしに、愛を込めたのは、前世のことなのだろうか。

津田はなぜ振られたのか、その理由を、清子に直接訊いてくるとよいと吉川夫人からそそのかされる。吉川夫人のお膳立てどおり、清子の療養する温泉宿にやって来た。その晩、津田は風呂場から上がって迷子になる。そのとき、湯に行こうとしていた清子に不意に会い、彼女を驚かせてしまう。津田が後々まで忘れることのできない「一種の絵」として印象を刻んだ清子の姿はつぎのようだ。

彼女の姿は先刻《さつき》風呂場で会つた婦人程縦《ほしい》まゝではなかつた。けれども斯《こ》ういふ場所で、客同志が互ひに黙認しあふ丈《だけ》の自由は既に利用されてゐた。彼女は正式に幅の広い帯を結んでゐなかつた。〔……〕

清子の身体が硬くなると共に、顔の筋肉も硬くなつた。さうして両方の頬と額の色が見る〳〵うちに蒼白《あおじろ》く変つて行つた。（百七十六）

清子のいる温泉場に来た津田が、夜、風呂場近くで思いがけず清子に出くわす。清子は流産後の身体を回復する静養のために、この温泉場に来ている。寝しなに一風呂入って温まろうというところだから、当然厚化粧はしていないうえにみるみる蒼白くなる。まさに「紅おしろいが飛び散ってしまったあなた」という感じだ。

さらに、呉梅村「琴河感旧」を見てみよう。梅村と思しき「我れ」の推測によって、卞賽の思っていそうなことが語られる転換点がある。

其四

長向東風……　前掲『梅村集』、一二三頁。

長向東風問画蘭　玉人微嘆倚闌干　乍抛錦瑟描難就　小畳瓊箋墨未乾　弱葉嬾舒添午倦　嫩芽嬌染怯春寒　書成粉箑憑誰寄　多恐蕭郎不忍看▲

【書き下し文】

長く東風《とうふう》に向ひて　画蘭を問ふ
玉人　微かに嘆じて　闌干に倚る
乍《たちま》ち錦瑟《きんしつ》を抛《なげう》つは　描くも就《な》り難く
小《こま》かに瓊箋《けいせん》を畳みて　墨未だ乾かず
弱葉《じゃくよう》　嬾《もの》く舒《の》びて　午《ひる》の倦《もの》きに添へ
嫩芽《どんが》　嬌《あで》やかに染めて　春寒を怯《おそ》る
粉箑《ふんそう》を書き成して　誰に憑《よ》りてか寄せん
多《まさ》に恐る　蕭郎《しょうろう》の看《み》るに忍びざるを

【私訳】

じっと春風に向かって、蘭を画いているかと問う、
美しい人はかすかにため息をついて欄干にもたれている。
急に琴をなげうって、描いても画はなりがたく、
小さく紙を畳んでしまう、墨もまだ乾かないのに。
若葉がものうく伸びて、昼下がりのけだるさを付け加え、

若い芽があでやかに染まって、春の寒さにおびえる。
白い扇に画きあげたけれども、誰にことづけようかしら、
まさに恐れてしまう、あなたに（私を）看られるのが忍びなくて。

卞賽《べんさい》は蘭の画が巧みだった。「我れ」は彼女に会えないまま、春風に、彼女はまだ画《え》を画《か》いているかと尋ねている。つぎの行から転換して、主体が卞賽になる。白い扇に画いた墨絵を、梅村にあげたいのにことづける人がいないとでも彼女が思っているかのようだ。彼女が梅村に会いたがらないのは、彼女が、今や他人のものになってしまった自分を、今さら彼に看られるのに忍びないと恐れてであろうと推測している。自惚れ気味な男性心理をよく表した詩と言えそうだ。

卞賽からすれば、過去の男がまだ自分に執着を持っているらしいのをうるさく感じ、会いたくないというのが本音だろう。清子も、津田と正式な婚約を結ぶ前に身を翻したのだから、非難される謂《い》われはない。

津田は部屋に戻り、眠れないまま、不意に出くわした清子の心理をあれこれと勝手に考えている。

然《しか》し彼女は驚ろいてゐた。彼よりも遥か余計に驚ろいてゐた。それは単に

図11　漱石遺著『明暗』（岩波書店、大正６年）表紙。津田青楓装幀。明治の末、小宮豊隆が青年画家青楓を漱石山房に連れてくる。以来、漱石は絵を習う。『道草』および本書カヴァーに用いた、大正名著文庫『金剛草』の装幀も青楓である。

女だからとも云へた。彼には不意の裡《うち》に予期があり、彼女には突然の中《うち》にたゞ突然がある丈であつたからとも云へた。けれども彼女の驚ろきはそれで説明し尽《つく》せてゐるだらうか。彼女はもつと複雑な過去を覿面《てきめん》に感じてはゐないだらうか。

（百七十七）

津田が推測するところの、清子が覿面に感じているはずの複雑な過去とは何か。清子が、津田との結婚を目前に控えた仲だったにもかかわらず、身を翻して、津田と「赤の他人」になってしまったということである。清子の驚きから読み取ろうとする津田の自己中心的な男性心理が呉梅村「琴河感旧」とよく似る。

卞賽が赤の他人になった身を恥ずかしがって呉梅村の前に出てこないのと同様の思いを、清子が津田に抱いたとすれば、清子の思いはまだ自分にあると言える。したがって、このように考えるほうが津田には心地《ここち》よく、望みがあるというわけだ。

> 彼女は蒼くなつた。彼女は硬くなつた。津田は其所《そこ》に望みを繋いだ。今の自分に都合の好いやうにそれを解釈して見た。それから又其解釈を引繰返《ひつくりかえ》して、反対の側からも眺めて見た。両方を眺め尽した次には何方《どつち》が合理的だらうといふ批判をしなければならなくなつた。其批判は材料不足のために、容易に纏《まと》まらなかつた。纏《まとま》つてもすぐ打ち崩された。一方に傾くと彼の自信が壊しに来た。他方に寄ると幻滅の半鐘《はんしよう》が耳元に鳴り響いた。不思議にも彼の自信、卑下《ひげ》して用ひる彼自身の言葉でいふと彼の己惚《おのぼれ》、は胸の中にあるやう

な気がした。それを攻めに来る幻滅の半鐘は又反対に何時でも頭の外から来るやうな心持がした。両方を公平に取扱かつてゐる積《つもり》でゐながら、彼は常に親疎《しんそ》の区別を其間《そのあいだ》に置いてゐた。といふよりも、遠近の差等が自然天然属性として二つのものに元から具《そな》はつてゐるらしく見えた。結果は分明であつた。彼は叱りながら己惚の頭を撫でた。耳を傾けながら、半鐘の音を忌《い》んだ。

（百七十七）

津田は「己惚」の方、つまり、清子が自分にまだ思いを残しているから、蒼くなったと解釈する方に軍配を挙げたく、その反対の、自信を壊すほうの解釈を嫌う。

呉梅村「琴河感旧」よりも心理の揺れが細々《こまごま》と述べられているが、男性側の「己惚」が、昔の女を前に全開するさまは同じである。しかも、女の心理を一方的に推測して、自信を裏付けようというのである。

2　しかけられた漢籍という導線

風呂場近くで不意に出くわし、拒絶反応を示された翌朝、津田は給仕の下女に、清子のことを根掘り葉掘り尋ねる。

「何をして暮してゐるのかね、其奥さんは」

「まあお湯に入つたり、散歩をしたり、義太夫を聴かされたり、――時々は花なんかお活《い》けになります、それから夜よく手習《てならい》をしてゐらつしやいます」（百八十）

手習というと、もとより人に見せるつもりのない書き物で、いかにも卞賽のように墨も乾かないうちに畳んでしまっている雰囲気がここにはある。津田は自分宛の言付けを期待したい。そんな思いがよぎっているのも「琴河感旧」と同じである。

津田は下女を仲介にして、吉川夫人から託されたと果物籃《くだものかご》を持って行かせる細工をし、清子と会う段取りを付ける。下女の帰りが遅く、清子の心を忖度《そんたく》する。「まさか断るんぢやあるまいな」（百八十二）。戻ってきた下女は「お部屋を片付けてね、それから奥さんのお髪《ぐし》を結つて上げたんですよ」（百八十二）と言う。「琴河感旧」の序に記された卞賽の警戒によく似る。

ようやく清子の部屋に行くと、津田の予期に反し、彼女は部屋の縁側の隅から姿を現した。

それ迄彼女が其所《そこ》で何をしてゐたのか、津田には一向解《げ》せなかつた。又何のために彼女がわざ〳〵其所へ出てゐたのか、それも彼には通じなかつた。或《あるい》は室《へや》を片付けてから、彼の来るのを待ち受ける間、欄干の隅に倚《よ》りかゝりでもして、山に重なる黄葉《こうよう》の色でも眺めてゐたのかも知れなかつた。それにしても様子が変であつた。有体《ありてい》に云へば、客を迎へるといふより偶然客に出喰《でく》はしたといふのが、此時の彼女の態度を評するには適当な言葉であつた。

（百八十三）

昔の男がまた逢おうとしてくる。女からすれば、そういう男だから愛想《あいそ》が尽きたのに、嫌気《いやけ》も差そう。まして、夫の関から性病をうつされて（痔の津田は性病科を兼ねる医院で関と会っている）療養中であったとしても、見舞いなどされる筋合いのものではない。

それにしても、欄干にもたれているのではと男が推測するのは、呉梅村「琴河感旧」と一致しすぎているようだ。その推測ぶりからして、津田は、呉梅村詩を、お延の父宅まで持ってくる間に開いて見てみたぐらいはしたようにされているのではないだろうか。「劃の多い四角な字の重なつてゐる書物は全く読めないのだ」（七十九）とお延の父に断っていた津田だが、これは老人の相手をさせられることの予防線に他ならず、実際は漢学を好まなくても、漢学塾に通った多くの明治の人間並みにざっと読むことくらいは難なくできたという人物設定だろう。▲

現に、お延と初対面のそのとき、津田は結婚しようと思っていた清子から突然振られた直後だった。ゆえに、呉梅村の詩のなかでもとくにこの詩が目に飛び込んできたとしてもおかしくない。

人間の意識下に踏み込めばありうることが描かれている。振られた直後に会った未婚の女性のために、ふだんは好んで読まない漢籍を探した。その女性がどのような女性かを〈読む〉ための骨折りは、手にした漢籍に書きとめられている文字に導かれて、ふたたび元の相手の女性を〈読もう〉とするエネルギーへと転化するのだ。

この呉梅村詩は、お延の孤立を高めるかのように、彼女の思いと反対方向へ津田を誘導した。『明詩別裁』に載る「秋柳」の詩々とともに、心変わりや未練を主題にした詩を、登場人物が手に取ってしまっていることの意味は大きい。津田は清子の心変わりを探りつづけ、お延は津田の心変わりを探りつづける。プライドのかかった執着がそこにある。そのような衝動は、『明暗』内部にしかけられ

明治人の漢文読解力　中村正直は明治十六年（一八八三）東京大学古典講習科乙部開設に際し、明治十年前後から旧学振興している経緯に触れ、漢学については「抑《そもそも》漢学ノ如キハ、我邦ノ明治年間ニ至ルマデ、盛ニ行ハレ」と述べている。そのうえで、漢学の素養のない者は洋学の運用もできていない実状を分析している（「古典講習科乙部開設ニ就キ感アリ書シテ生徒ニ示ス　十六年四月十五日」『東京学士会院雑誌』第五編、明治十六年、三一―四八頁／『明治啓蒙思想集』、明治文学全集、筑摩書房、一九六七年、三一二頁）。

た書物が導いているとすら言える。この小説には漢籍の体裁で時限爆弾がしこまれてあったのだ。

『思ひ出す事など』第六回　『思ひ出す事など』は三十二回にわたり、修善寺の大患後に思い出した事柄について、各回の結びに自作の漢詩や俳句を置いて書き継がれた随筆。初出の掲載時期は、『東京朝日新聞』と『大阪朝日新聞』とで第一回を除いて異なっている。『東京朝日新聞』の場合、明治四十三年（一九一〇）十月―明治四十四年（一九一一）二月。第六回の掲載は『東京朝日新聞』『大阪朝日新聞』ともに、明治四十三年十一月二十日。

孔子廟書籍館閲覧室　昌平黌があったところ。明治四年（一八七一）以降、旧講堂が書籍閲覧室になった。

『蘐園十筆』　荻生徂徠によって、中国古典の字句の正確な解釈が列挙さ

五 ▶ 漢詩文をつくる人々

1　古文辞に学ぶ

『明暗』から現実空間へとつなげて考えてみよう。夏目漱石は『思ひ出す事など』第六回で、子どものころ「聖堂の図書館」、つまり、孔子廟書籍館閲覧室へ通い、荻生徂徠の『蘐園《けんえん》十筆』を「無暗《むやみ》に写し取つた」と述べている。また、「余が文章に裨益《ひえき》せし書籍」という談話で、「漢文では享保時代の徂徠一派の文章が好きだ」と語った。

荻生徂徠（寛文六年（一六六六）―享保十三年（一七二八））は、偶然に李攀龍・王世貞の書籍を手に入れたことから、まさに『明詩別裁』に多く採られた明代古文辞派にならい、古文辞学派を打ち立てた。

先に、明が文化的に継承している宋の文化状況を見ておこう。宋においては、新しい儒学・儒教が形成された。宋学という。性理学と言われる哲学的に体系的な世界観の構築である。版本による書物も多く流通するようになっており、その

れた覚え書き。自ら提唱する古文辞学の応用。刊行されずに終わる。徂徠の弟子によって写され、写本のみで伝わる。

「無暗に写し取つた」　『東京朝日新聞』『大阪朝日新聞』明治四十三年（一九一〇）十月―明治四十四年二月（『大阪』は三月）。『漱石全集』第十二巻（岩波書店、一九九四年）三七五頁。

「徂徠一派の文章が好きである」　『文章世界』一巻一号、明治三十九年（一九〇六）三月。『漱石全集』第二十五巻（岩波書店、一九九六年）一五六頁。

宋学の構築　宋学を大成したのは朱子（朱熹）であり、宋学は朱子学ともいわれる。日本において最初に宋学（朱子学）の確立に努めたのは藤《ふじ》原惺窩《わらせいか》である。その漱石文学との関係について、拙著『夏目漱石の時間の創出』（東京大学出版会、二〇一二年）第六章で論述した。

儒教文化、「意」を重んじた書物が主流だった。▲
それに対して、明代古文辞の運動は、「情」を表現できた盛唐以前の詩を重んじる。徂徠は、和訓によって宋文を学んでいた当時の儒者のことを、古言を知らずと批判する。そこには人間性を画一的に捉える朱子学への批判が潜んでいた。中国語古典を正しく読むこともできていない日本の現状を痛烈に罵倒し、徂徠は中国語そのままの体得を目指すのである。

徂徠は、李攀龍の選による『唐詩選』に目をつける。『唐詩選』は門下の服部《はっとり》南郭《なんかく》▲に享保九年（一七二四）覆刻され、明和六年（一七六九）までに六版を重ねたという。明古文辞派の総集『皇明七才子詩集註解』（元禄二年（一六八九）跋刊）も、改めて延享四年（一七四七）に覆刻された。▲

徂徠は、単に「古文辞」を読むだけでなく、書けるようになる必要性を訴える。そしてみずから詩文を作る修練の方法を説いた。▲そのために、徂徠は、三四九綱目を掲げ、二四三四字の字音、字解、用例をあげる『訳文筌蹄』を口授したのである。『訳筌初編 訳文筌蹄』は漱石も蔵書する。▲

『訳文筌蹄』は、元禄三、四年（一六九〇、九一）ごろの徂徠の講義の筆録を底稿とする。書肆の求めにより、初編六巻が正徳五年（一七一五）、後編三巻（残り六巻は未完）が徂徠没後の宝暦三年（一七五三）と寛政八年（一七九六）に刊行さ

版本の刊行　経書、『史記』『漢書』などの史書、『荘子』・『文選』などの書が続々と刊行された。

服部南郭　漢詩人。儒者。太宰春台とともに蘐園学派の双璧。太宰春台は経学派、服部南郭は詩文派。南郭は盛唐の詩を読み直す徂徠の意図をよく受け継いだ。

延享四年に覆刻　日野龍夫「儒学から文学へ――徂徠学の位置」（『徂徠学派』、筑摩書房、一九七五年）一四頁。

詩文を作る修練　金谷治によれば、徂徠にとって、「「和習」を離れた真の漢詩漢文を作ることは、いわゆる聖人の学を正しく理解するための要件である。「古言を知り」「古文辞」に習熟することは彼の学問の基礎であったからである」と述べている（「徂徠学の特質」『荻生徂徠集』、日本の思想十二、筑摩書房、一九七〇年、四頁）。

漱石も蔵書　荻生徂徠口授、釈聖黙（天教）、吉有鄰（吉田有鄰）筆受『訳筌初編　訳文筌蹄』六巻二冊（麗沢堂蔵版、貞享四年（一六八七））。「漱石山房蔵書目録」（『漱石全集』第二十七巻、岩波書店、一九九七年）による。ただし、東北大学図書館漱石文庫目録によれば、「宝永八年凡例」とある。こちらは広く知られる初版と同じである。

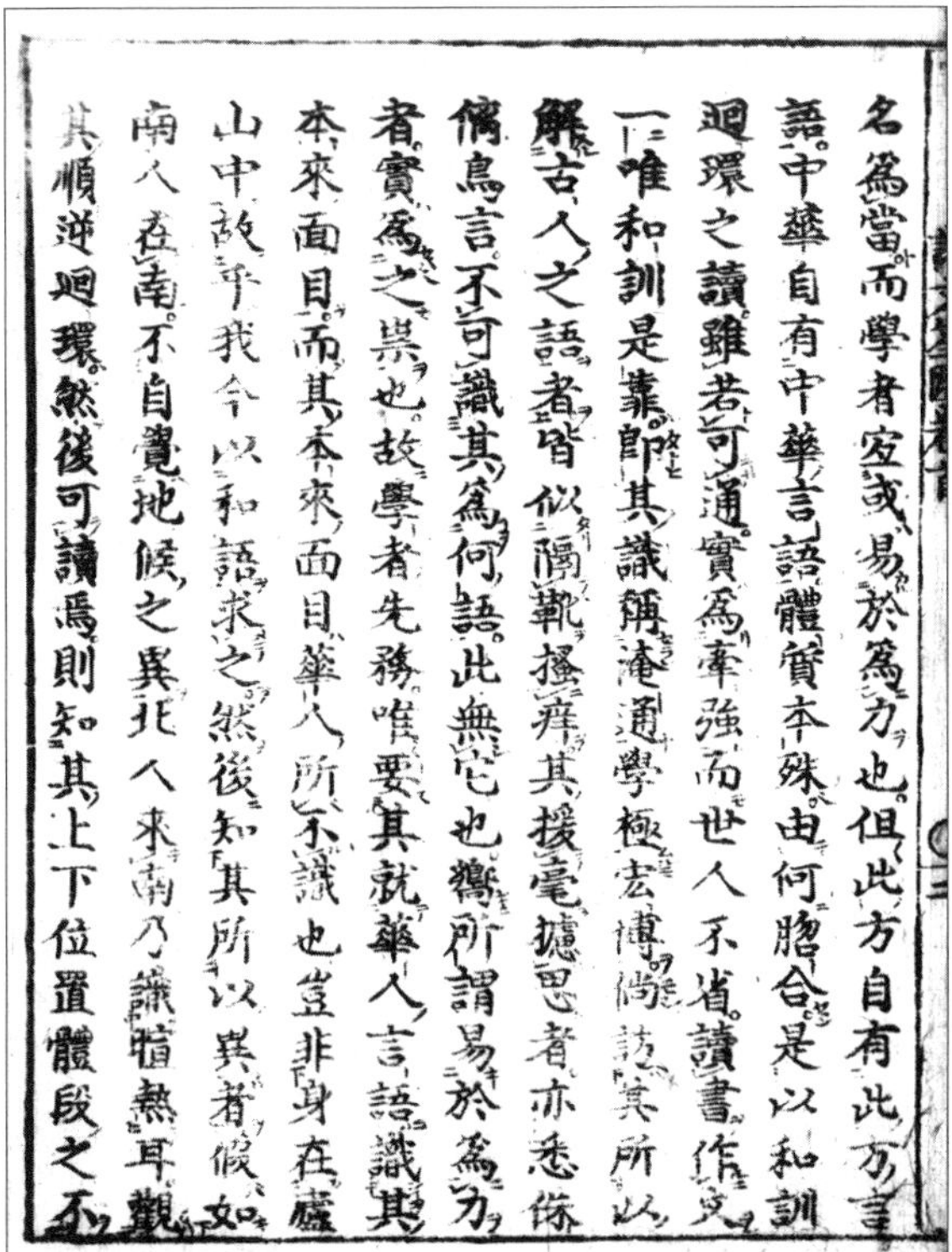

名爲當而學者空或易於爲力也但此方自有此方言
語中華自有中華言語體質本殊由何脗合是以和訓
廻環之讀雖若可通實爲牽強而世人不省讀書作文
一唯和訓是靠即其識稱淹通學極宏博倘能讀其所以
解古人之語者皆似隔靴搔痒其援毫攄思者亦悉侏
[illegible]鳥言不可識其爲何語此無它也嚮所謂易於爲力
者實爲之祟也故學者先務唯要其就華人言語識其
本來面目而其本來面目華人所不識也豈非身在廬
山中故乎我今以和語求之然後知其所以異者假如
南人在南不自覺地候之異北人來南乃識暄熱耳觀
其順逆廻環然後可讀焉則知其上下位置體段之不

図12　『訳文筌蹄　初編』「訳筌初編　翻刻／必究」の「題言十則」。麗沢堂蔵版、澤田吉左衛門、正徳5年。2丁裏。初印本は3冊本であったが、すぐに6巻6冊セットが多量に発行された。内題・見返題が「訳筌初編　翻刻／必究」となっている。なお、明治期には活版本の前に、明治初年、宝暦3年（1753）の再版の版木が大阪で補修され、宝暦版の補刻本として流通していた。つまり、同じ版木が120年余りも使われ、需要に応えてきた。

れたと知られる。

『訳文筌蹄』は同訓異義の字の違いを実例で示している。例は『四書』『五経』『史記』『漢書』から六朝の正史類、仏書、医書、ならびに、『文選《もんぜん》』はじめ唐宋の詩詞から挙げられる。「和訓」によっては誤読しかねないことを指摘し、確実な日本語「訳」の提示が試みられた。▲

この辞典は、明治に至るまで漢学者の必携の書となる。明治四十一年（一九〇八）には、小泉秀之助の校訂により、伊藤東涯による「用字格《ようじかく》」も附録としてついた『訳文筌蹄　附東涯　用字格』が活版印刷で刊行されている。校訂者は「例言」末尾で「その炯眼達識、真に明治最進《ママ》の語学教授を洞察せるものといふ可《べ》し」と言う。▲

徂徠の『訳文筌蹄』訳筌初編巻首の「題言十則」▲では、和訓を難じ、書を読むのは「看る」のに及ばないと明言される。まず第二則である。

但此方自有此方言語。中華自有中華言語。体質本殊。由何脗合。是以和訓廻環之読。雖若可通。実為牽強。［……］故学者先務唯要其就華人言語識其本来面目。▲

【書き下し文】

確実な日本語「訳」の提示　実際にその訳例を見てみよう。たとえば「思」という字にはこのような説明が施される。「思　オモヒ回ス意　故念ヨリモ重シ　列伝ナトノ中ニアル詩思ハソレジヤゾ　夫《それ》ハ詩ゴ、ロガアルト云程ノ事也　文思モ同シ　堯典ノ文思トハ違フ也　又詩興ヲ詩思ト云　又詩ニ有レ所レ思トハナツカシキ人ガアルト云意ナリ」（訳筌後編巻三、『荻生徂徠全集　第二巻　言語篇』、戸川芳郎・神田信夫編、みすず書房、一九七四年）六一六頁。濁点の有無は本文通り。漢字は新字にして引用した。

「その炯眼……」　『荻生徂徠著　訳文筌蹄　附東涯　用字格』（小泉秀之助校訂、須原屋書店発行、明治四十一年（一九〇八））一六頁。

「題言十則」　正徳二年（一七一二）冬成稿の「江若水に与ふ」其の六に記されたのと同じ文章だという。

但し此の方自《おのず》から此の方の言語有り。中華自《おのず》から中華の言語有り。体質本《もと》より殊《こと》なり。何に出りて脗合《ぶんごう》せん。是《ここ》を以て和訓廻環の読み、通ずべきが若《ごと》しと雖《いえど》も、実は牽強《けんきょう》たり。［……］故に学者の先務は唯《た》だ其の華人の言語に就きて其の本来の面目を識《し》らんことを要す▲。

和訓で読んでいるようでは、中国の古人の語を解そうとしても隔靴《かっか》搔痒《そうよう》だから、中国人の言語につきしたがってその順序で読むべきだと訴えている。つぎは第九則である。

故欲学唐人詩便当以唐詩語分類抄出。［……］但唐詩苦少。当補以明李于鱗王元美等七才子詩。此自唐詩正脈▲。

【書き下し文】

故に唐人の詩を学ばんと欲せば、便《すなわ》ち当《まさ》に唐詩の語を以て、分類抄出すべし。［……］但《ただ》唐詩少きに苦しむ。当に補ふに明の李于鱗《りうりん》・王元美《おうげんび》等七才子の詩を以てすべし。此れ自から唐詩の正脈なり。

李于鱗・王元美とは、先述した「後七子」の李攀龍・王世貞のことである。徂

但此方…… 徂徠先生秘授『訳筌初編翻刻必究』巻一（全六巻、吉有鄰筆受、麗沢堂蔵版、澤田吉左衛門、正徳五年（一七一五））二丁裏。漢字は新字にした。

但し此の方…… 『荻生徂徠全集 第二巻 言語篇』（戸川芳郎・神田信夫編、みすず書房、一九七四年）五四七―六四頁を参考に書き下したが、基本的には、使用した前掲『訳筌初編翻刻必究』の訓点に基づく。

故欲学…… 前掲『訳筌初編翻刻必究』一〇丁裏、一一丁表。

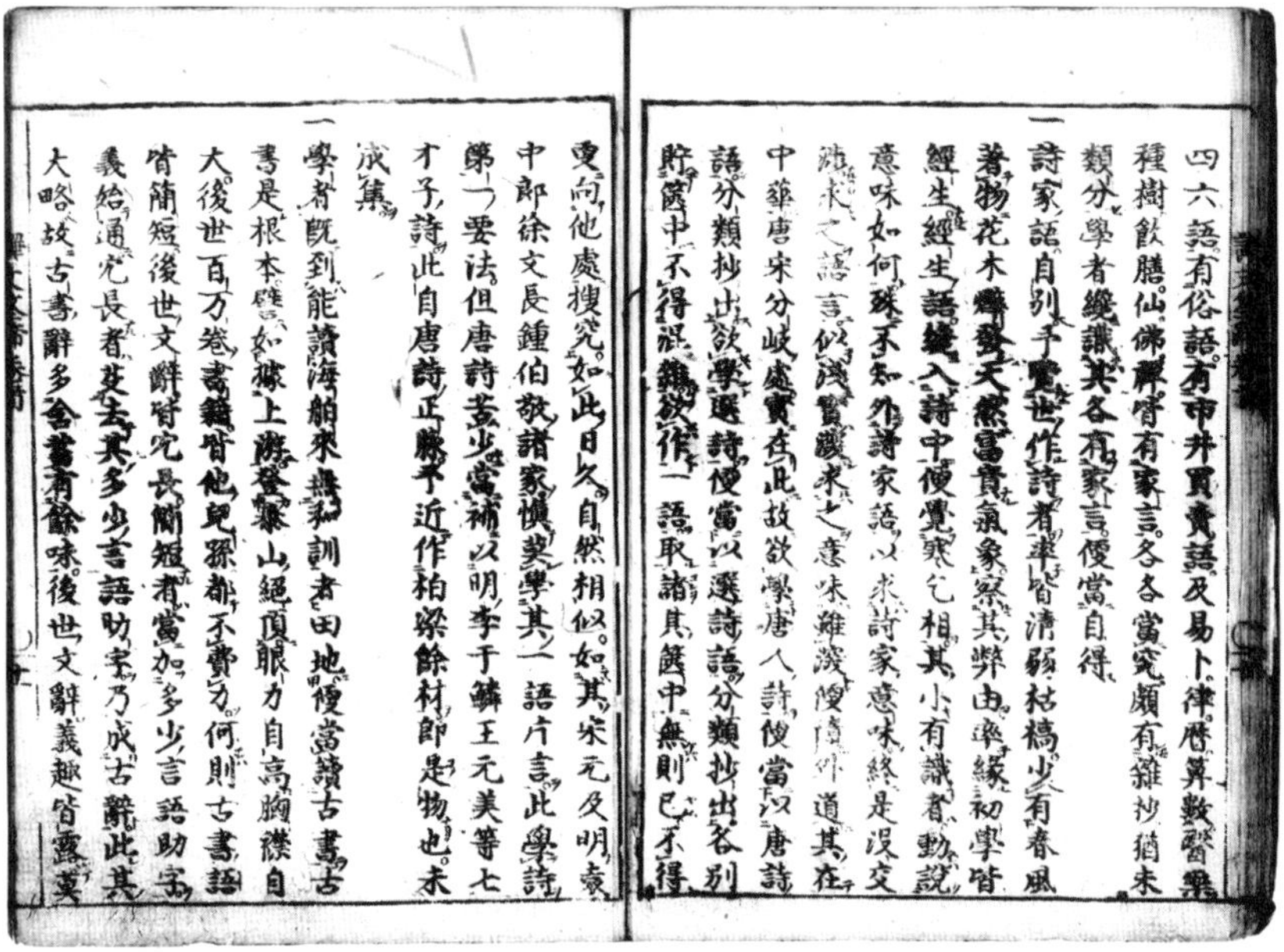
四六語有俗語有市井買賣語及易卜律暦算數醫
種樹飲膳仙佛解脅有家言各各當究頗有雜抄猶未
類分學者纔識其各有家言便當自得
一詩家語自別于當世作詩者率皆淸弱枯槁少有春風
着物花木鱗發天然富貴氣象察其弊由於緣初學皆
經生經生語纔入詩中便覺寒乞相其小有識者動說
意味如何殊不知外詩家語以求詩家意味終是沒交
涉求之語言似淺實深求之意味雖淺便墮外道其在
中華唐宋分岐處實在此故欲學唐人詩便當以唐詩
語分類抄出欲學選詩便當以選詩語分類抄出各別
貯篋中不得混雜欲作一語取諸其篋中無則已不得
更向他處搜究如此日久自然相似如其宋元及明袁
中郎徐文長鍾伯敬諸家慎莫學其一語片言此學詩
第一要法但唐詩蓋少當補以明李于鱗王元美等七
才子詩此自唐詩正脈至近作柏梁餘材郎是物也未
成集
一學者既到能讀海舶來無和訓者田地便當讀古書古
書是根本譬如擧上游登寨山絕頂眼力自高胸襟自
大後世百万卷書籍皆他兒孫都不費力何則古書語
皆簡短後世文辭皆冗長簡短者當加多少言語助字
義始通冗長者芟去其多少言語助字乃成古辭此其
大略故古書辭多含蓄有餘味後世文辭義趣皆露莫

図13 『訳文筌蹄 初編』「訳筌初編 翻刻／必究」10丁裏、11丁表。

徠は彼らの表現を引き継ごうとした。ここに、浪漫的な心情を吐露する道が開かれた。ただし、明の古文辞学派に倣い、秦漢・盛唐の用例を最重視するという表現規範が設けられていた。そして徂徠は同第十則でつぎのように自身の古文辞学を意味づける。

故合華和而一之。是吾訳学。合古今而一之。是吾古文辞学。▲

【書き下し文】

故に華和を合せて之《これ》を一にするは、是れ吾《わが》訳学。古今を合せて之を一にするは、是れ吾が古文辞の学。

中国のいにしえに照準を定めることで、後世の俗解に惑わされることなく、言葉それ自体によって開かれる道筋が見えるというのである。

徂徠はまた、漱石が少年期にひたすらに写し取ったという『蘐園十筆』でつぎのように述べている。「蘐園二筆」から引こう。

詩者亦唯如後世之詩也已。其所言不必道徳仁義。未足以為訓戒。蓋泛濫無要。未有過焉者。然上自天時。下至人事。土風民俗。鳥獣草木。零細悉備。而又

故合華和……前掲『訳筌初編 翻刻必究』一三丁表。

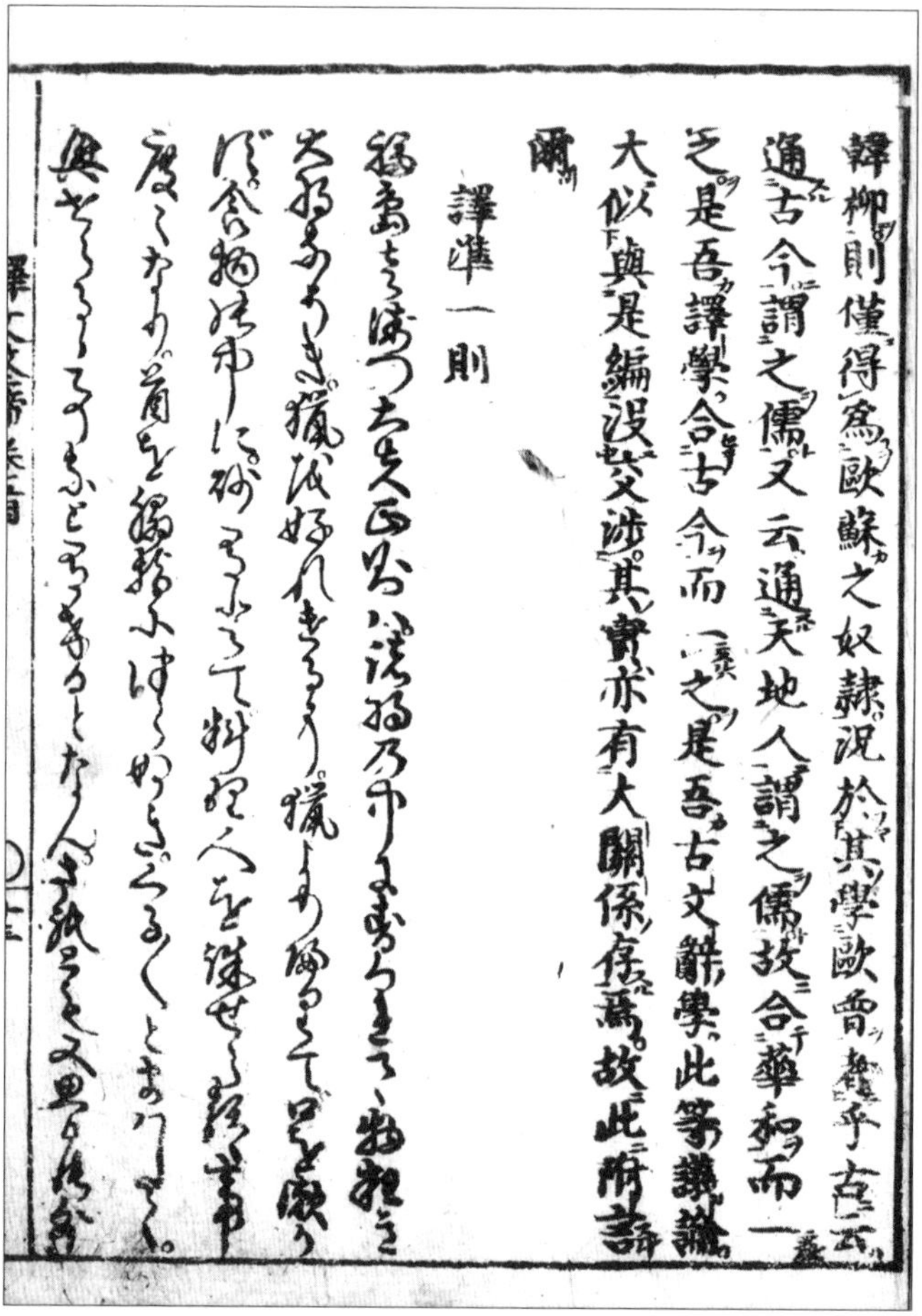

譯柳則僅得爲歐蘇之奴隷況於其學歐曾者乎古云通古今謂之儒又云通天地人謂之儒故合華和而一之是吾譯學合古今而一之是吾古文辭學此等議論大似與是編没交渉其實亦有大關係存焉故此附論爾

譯準一則

図14　『訳文筌蹄 初編』「訳筌初編 翻刻／必究」13丁表。

諷之詠之。興焉観焉。優柔厭飫。体諸人情。故古之学者。所以遜其志。和其気。開意智。広理義者。亦未有過焉者。故書主君。詩主民。書道徳。詩情態。書立大者。詩不遺細物。高明象天。書之徳也。博厚象地。詩之徳也。▲

【書き下し文】

詩なる者もまたただ後世の詩のごとくなるのみ。その言ふ所は、必ずしも道徳仁義ならず、未だ以て訓戒と為すに足らず。けだし泛濫《はんらん》にして要なきこと、未だこれに過ぐる者あらず。然《しか》れども上、天時より、下、人事に至り、土風民俗、鳥獣草木、零細悉《ことごと》く備《そな》はり、而《しこう》してまたこれを諷しこれを詠じ、これに興《おこ》りこれに観《かんが》みる。優柔厭飫《えんよ》し、これを諸人情に体す。故に古《いにしえ》の学者、その志を遜《そん》し、その気を和し、意智《いち》を開き、理義を広むる所以《ゆえん》の者も、また未だこれに過ぐる者あらず。故に書は君を主とし、詩は民を主とし、書は道徳、詩は情態、書はその大なる者を立て、詩は細物を遺さず。高明、天に象《かたど》るは、書の徳なり。博厚、地に象るは、詩の徳なり。▲

詩が情態を表現し、地上の零細なすべてを現し尽くすという。この徂徠の考えは、漱石の『文学論』とも共鳴してくる。『文学論』で冒頭に掲げられた、文学を形成する要素とは、言語などの観念や身体感覚などの印象に必ず付随する「情

詩者……　みすず書房浦井宗徳本・荻生家蔵本・国会図書館本・関西大学蔵泊園文庫本・滋賀大学教育学部蔵彦根藩弘道館本・無窮会本の六種の写本を校合した本文の『蘐園十筆』（『荻生徂徠全集　第十七巻　随筆一』、西田太一郎編、みすず書房、一九七六年）三七四頁。

詩なる者も……　前掲『蘐園十筆』（『荻生徂徠全集　第十七巻　随筆一』）六二四頁を参考にした。

緒」である。

徂徠の門流、すなわち徂徠が住家とした茅場《かやば》町から名を取った蘐園《けんえん》学派は、彼の没後ますます勢力盛んになる。日野龍夫によれば、「文業を知識人の営為として正当化する根拠を与えられた漢学書生たちは、享保から宝暦・明和・安永にかけて堰を切ったように詩文に赴いた。漢詩の趣味が日本の社会に定着するのは実にこの時期からである」という。ここに那波魯堂の言を引こう。「徂徠ノ説、享保ノ中年以後ハ信《まこと》ニ一世ヲ風靡スト云ベシ、然レドモ京都ニ至テ盛ンニ有シハ徂徠没シテ後、元文ノ初年ヨリ、延享寛延ノ比マデ、十二三年ノ間ヲ甚シトス」。

寛延年間といえば、一七四八年から一七五一年である。『明暗』において京都に暮らしていることになっている主人公夫婦の親たちは、六十代前後であるとすれば、一八五六年前後の生まれと考えられる。安政年間（一八五四―六〇）ごろとなる。彼らの生まれるおよそ百年前の京都は、引用のように徂徠学全盛の様相を呈していた。そして天保四年（一八三三）に刊行された那波魯堂『学問源流』にそのように言われているということは、彼らが生を受けたその頃も依然として古文辞学のとくに後七子に学ぶ気運は薄れていなかったことを示す。

漢詩の趣味の定着　前掲、日野龍夫「儒学から文学へ――徂徠学の位置」（『徂徠学派』）一一頁。宝暦・明和・安永とは一七五一年から一七八一年まで。

那波魯堂　名は師曾。儒者。享保十二年（一七二七）―寛政元年（一七八九）。藤原惺窩門の四天王の一人である那波活所の五世の孫にあたる。京都の儒者岡竜洲に師事し、古文辞学を学ぶ。破門された後は、その批判にまわる。徳島藩主蜂須賀治昭に招かれ、藩儒として活躍した。

徂徠ノ説……　『学問源流』（寛政六年（一七九四）序、堺屋仁兵衛刊、天保四年（一八三三））。

2　徂徠を継承する

『明暗』に登場する親の世代は多感な時期に明治維新を迎える。これまで士族に限られてきた漢学を、町人階級であっても身につけられるようになった時代の幕開けだ。彼らが明の詩を蒐集し、読み、詩作の参考にしているのは、荻生徂徠の教えを受け継いでいるからだろう。『蘐園十筆』「蘐園二筆」で、徂徠はこう述べている。

世樸儒不知作詩。語之楽府選体及唐詩。則艴然言曰。我有三百篇耳。殊不知三百篇与後世詩一矣。吁。不知詩。何能知三百篇。▲

【書き下し文】

世の樸儒《ぼくじゅ》、詩を作ることを知らず。これに楽府《がふ》・選体《せんたい》及び唐詩を語《つ》ぐれば、則ち艴然《ふつぜん》として言ひて曰く、我れ三百篇有るのみと。殊に知らず三百篇と後世の詩とは一《いつ》なることを。吁《ああ》、詩を作ることを知らずして、何ぞ能く三百篇を知らん。▲

世樸儒……　前掲『蘐園十筆』（『荻生徂徠全集　第十七巻　随筆一』）三三九頁。

世の樸儒……　前掲、みすず全集版『蘐園十筆』五七〇頁、および、『荻生徂徠全集』第一巻（今中寛司・奈良本辰也編、河出書房新社、一九七三年）二三七頁を参考にして書き下した。

世の儒者たちは、詩を作ることを知らない、詩も作らないで、『詩経』をはじめとする詩を分かることができるだろうか。この明言も、詩作をしている『明暗』の老人たちには、うなずかれる主張だ。

彼らはこうして明・清代の詩を貸し借りしている。参考書とされたと思われるその詩には、見てきたように、政権を採る民族や権力者の交代により、詩を書くことそれ自体が、死をも賭けることと同義であったような詩人の作もあった。彼らは明代の古文辞派の詩を真似てみる。細やかな情を表現しうる正統な詩語に自らの情感を重ねつつ、反清復明運動を支える文学を読み書き、自己流であっても受け継いだ様子が窺える。

明治二十年代に民友社が出した人気のシリーズ『十二文豪▲』第三巻は『荻生徂徠』で、山路弥吉（愛山）が執筆を担当し、つぎのようなくだりがある。

> 彼れが先《ま》づ人に知られしは「文章」なり、彼れか［ママ］先づ招牌を掲げて天下の人を鼓舞せしは「修辞」なり。而して徳川時代の漢文学は実に彼に因つて一変せり▲。

明治の漢文学もまた、「文章の理論に於て一個の定見▲」を立てた徂徠学の傘下

『十二文豪』　カーライル、マーコレー、ワーズワース、エマソン、ユーゴー、ジョンソン、トルストイ、バイロンなどが並ぶなか、日本からは徂徠の他に、近松門左衛門、新井白石、滝沢馬琴、頼山陽が入った。

彼れが先づ……　山路弥吉『十二文豪　荻生徂徠』（民友社、明治二十六年（一八九三））九五―九六頁。

文章の理論に……　前掲『十二文豪　荻生徂徠』、九六頁。

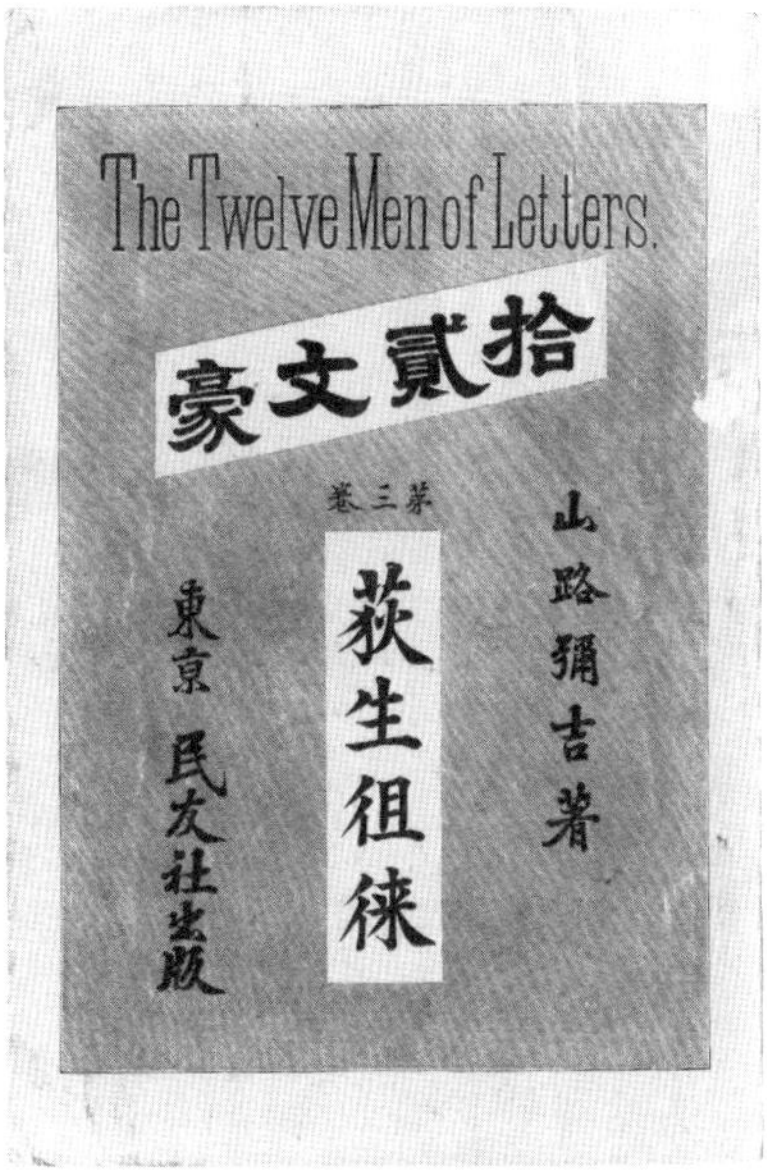

図15　山路弥吉『十二文豪 荻生徂徠』（民友社、明治26年）表紙。

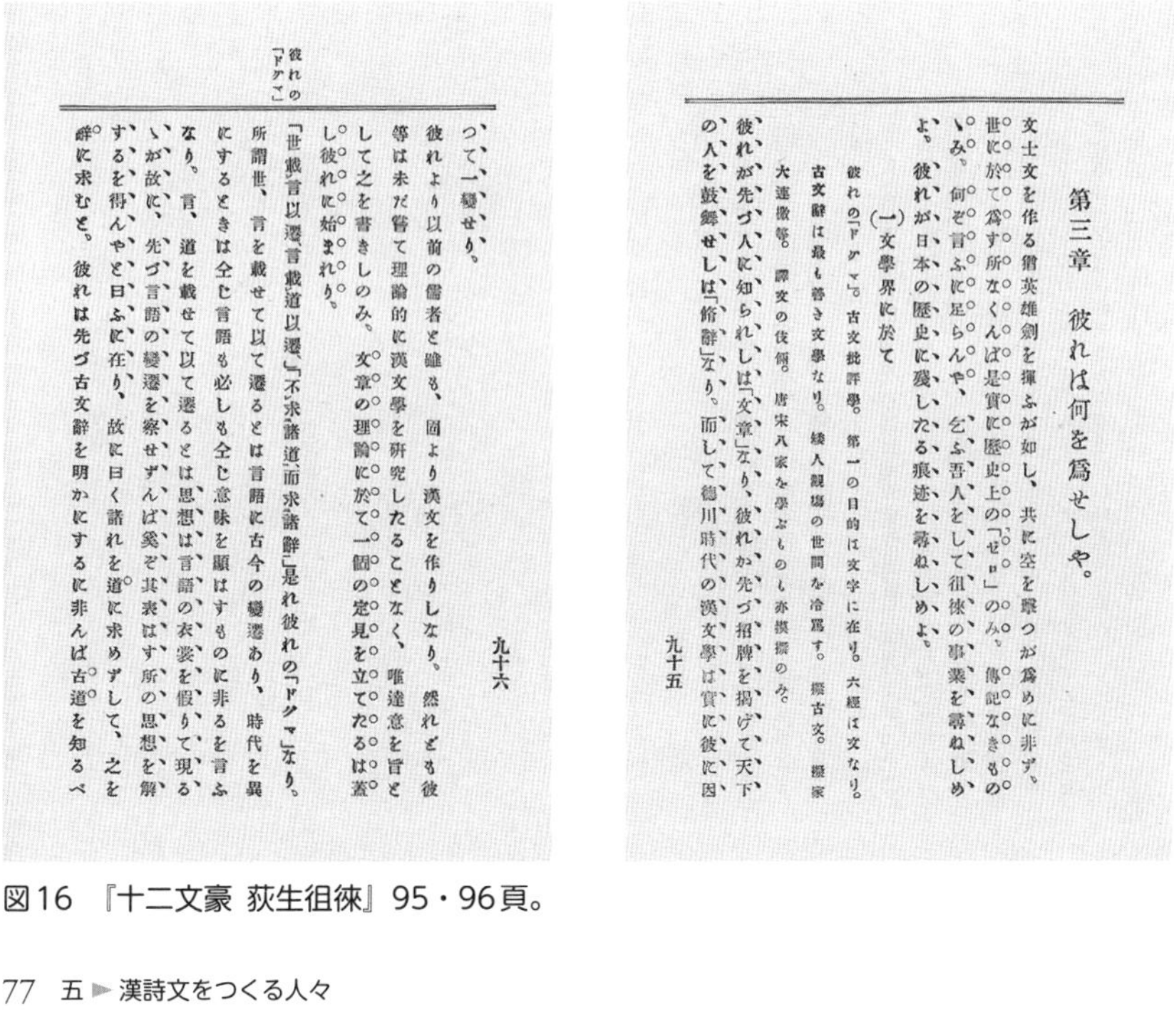

第三章　彼れは何を爲せしや。

文士文を作る猶英雄劍を揮ふが如し、共に空を撃つが爲めに非ず。世に於て爲す所なくんば是實に歷史上の「ゼロ」のみ。傳記なきもののみ。何ぞ言ふに足らんや、乞ふ吾人をして徂徠の事業を尋ねしめよ。彼れが日本の歷史に殘したる痕迹を尋ねしめよ。

（一）文學界に於て

彼れの「ドグマ」。古文批評學。第一の目的は文字に在り。六經は文なり。古文辭は最も善き文學なり。矮人觀場の世間を冷罵す。擬古文。擬家大蓮撤等。譯文の伎倆。唐宋八家を學ぶものも亦摸擬のみ。

彼れが先づ人に知られしは「文章」なり、彼れが先づ招牌を掲げて天下の人を鼓舞せしは「脩辭」なり。而して徳川時代の漢文學は實に彼に因

九十五

彼れの「ドグマ」　九十六

つて一變せり。

彼れより以前の儒者と雖も、固より漢文を作りしなり。然れども彼等は未だ嘗て理論的に漢文學を研究したることなく、唯達意を旨として之を書きしのみ。文章の理論に於て一個の定見を立てたるは蓋し彼れに始まれり。

「世載言以遷、言載道以遷」「不求諸道、而求諸辭」是れ彼れの「ドグマ」なり。所謂世、言を載せて以て遷るとは言語に古今の變遷あり、時代を異にするときは全じ言語も必しも全じ意味を顯はすものに非るを言ふなり。言、道を載せて以て遷るとは思想は言語の衣裳を假りて現るゝが故に、先づ言語の變遷を察せずんば奚ぞ其表はす所の思想を解するを得んやと曰ふに在り、故に曰く諸れを道に求めずして、之を辭に求むと。彼れは先づ古文辭を明かにするに非んば古道を知るべ

図16　『十二文豪 荻生徂徠』95・96頁。

にあるという認識があったことの証左である。『明暗』に登場する老人たちの晩年、大正期となった小説内現在、彼らは薩長政権に牛耳《ぎゆうじ》られたままの東京から退き、京都に住居を構え、明・清代の詩の貸し借りをしている。明治新政権の下、亡国の感があったからこそ、亡国の調べの響く明・清詩を蒐集しているのだろう。『明暗』は、民間詩人のひそかな訴えを、小説の表舞台に登場させた漢籍と、裏舞台から裏打ちさせた詩の数々によって、表現した。『明暗』に登場する漢籍、それは、女性主人公が繰り返し立ち返る思い出の一幕を作っている。それと同時に、この小説が、登場人物による読書と詩作の営みも縫い込んでできた〈作品〉であることをひそかに証す。そこまで含めて、夏目漱石が提示したい『明暗』の世界である。

あとがき

他者との意志疎通に言葉が使える以上、すべての言葉に一定の歴史、ときに、遥かなる歴史が背負われている。こんな当たり前のことを等閑視する研究方法が、二十世紀の末にしばらくあった。その間、文学研究者は、自分の言語能力と、作家の言語能力とを比べずに澄ましていた。だが、いざその失われた一時期が済んでみると、たとえば漱石を研究する者ならば、愕然とせざるを得ないのだ。漱石が気楽に行使している言葉のバックボーンである広大な漢文学や英文学、ときに日本古典文学からなる言語の集大成に。

本書は国文学研究資料館日本語の歴史的典籍の国際共同研究ネットワーク構築計画の国際共同研究「江戸時代初期出版と学問の綜合的研究 A Comprehensive Study of Publishing and Learning in the Early Edo Period」の成果として出される。代表研究者のピーター・コーニツキー ケンブリッジ大学名誉教授に率いられた我が班は、世界中の図書館等に収蔵されている江戸時代初期の書物を調査し、目録を作り、研究を進めている。

本論でお見せしてきたように、明治・大正は江戸期の版本で溢れていた。江戸期は和刻本漢籍が和書に勝るとも劣らぬほど出版されていた。研究が、漱石を含めた近代初頭の知識人の言語能力に確かに見合うよう近づいてゆくならば、当然、江戸初期出版も視野に入ってこなければならない。本書はそこへ辿り着くための一道程とお考えいただければと思う。

本書で用いた書物のうち、『明詩別裁』と『訳文筌蹄』とは、国文学研究資料館ホームページの電子資料館、館蔵和古書目録データベースより公開している。

私は二〇一五年二・三月をケンブリッジ大学アジア中東研究科にヴィジティングスカラーとして在籍した。三月二日に「明治人の教養――夏目漱石『明暗』から The Cultivation of Meiji-era Japanese: an Analysis of Natsume Sôseki's *Meian*」と題してレクチャーを行った。本書はそのときの着想が基になっている。その機会を与えてくれた同大学のラウラ・モレッティ先生に感謝したい。

本書はまた、科学研究費国際共同研究強化（課題番号15KK0067）の成果でもある。現在もその海外を拠点にした研究を続行中で、二〇一六年八月から二〇一七年三月まで、オックスフォード大学東洋研究科にてヴィジティングスカラーをしている。

行論の過程で、難解に感じた中国語を最終的に質問する先はいつも、齋藤希史　東京大学教授だった。お忙しい先生をお煩わせして、つねに申し訳なく思っている。

本書は、平凡社、保科孝夫氏が一冊の本にしたててくれた。とくに記して謝意を表したい。

漱石が逝去したのは大正五年（一九一六）十二月九日のことだ。本書はこの二〇一六年十二月に、シリーズ〈書物をひらく〉の一冊として刊行される。まさしく漱石没後百年であり、遺作となった『明暗』発表から百周年である。

漱石自身の指示を疎《おろそ》かにしないようにして『明暗』をひらき、東洋の財産といえる書物群を読者のみなさまとともに読み、つぎの百年へと受け渡してゆくことができることを静かに喜びたい。

オックスフォードの冬空の真下で　著者

掲載図版一覧

図１・７・８　『明詩別裁』（前川善兵衛他、刊行年不明）　国文学研究資料館蔵

図２　土岐善麿『高青邱』（日本評論社、1942年）　個人蔵

図３　斎藤拙堂撰『高青邱詩醇』（青木嵩山堂、明治35年）　個人蔵

図４・５　『支那文学大綱　高青邱』（田岡嶺雲、大日本図書、明治32年）　個人蔵

図６　『箋註宋元明詩選』（青木嵩山堂、明治32年）　個人蔵

図９・10　『梅村集』（台湾商務印書館、1986年）　個人蔵

図11　『明暗』（岩波書店、大正６年）　国会図書館蔵

図12～14　『訳文筌蹄』（澤田吉左衛門、正徳５年）　国文学研究資料館蔵

図15・16　『十二文豪 荻生徂徠』（山路愛山、民友社、明治26年）　個人蔵

野網摩利子（のあみまりこ）

1971年、大阪府和泉市生まれ。東京大学大学院総合文化研究科博士課程修了。博士（学術）。現在、国文学研究資料館研究部准教授、総合研究大学院大学文化科学研究科日本文学研究専攻准教授。専攻、日本近代文学、日本近代における東西の古典の受容。著書に、『夏目漱石の時間の創出』（東京大学出版会、2012年）、『漱石と英国史』（特別講義〈第26号〉、総合研究大学院大学、2014年）、論文に、「行人の遂、未遂」（『文学』14巻6号、2013年）、「「情緒」による文学生成――『彼岸過迄』の彼岸と此岸」（『文学』13巻3号、2012年）などがある。

ブックレット〈書物をひらく〉3

漱石の読みかた『明暗』と漢籍

2016年12月16日　初版第1刷発行

著者　野網摩利子

発行者　西田裕一

発行所　株式会社平凡社

〒101-0051　東京都千代田区神田神保町3-29

電話　03-3230-6580（編集）

03-3230-6573（営業）

振替　00180-0-29639

装丁　中山銀士

DTP　中山デザイン事務所（金子暁仁）

印刷　株式会社東京印書館

製本　大口製本印刷株式会社

ISBN978-4-582-36443-9

NDC分類番号910.268　A5判（21.0cm）　総ページ84

平凡社ホームページ　http://www.heibonsha.co.jp/

発刊の辞

これまで、限られた対象にしか開かれていなかった古典籍を、撮影して画像データベースを構築し、インターネット上で公開する。そして、古典籍を研究資源として活用したあらたな研究を国内外の研究者と共同で行い、新しい知見を発信する。これが、国文学研究資料館が平成二十六年より取り組んでいる、「日本語の歴史的典籍の国際共同研究ネットワーク構築計画」（歴史的典籍NW事業）である。そしてこの歴史的典籍NW事業の多くのプロジェクトから、日々、さまざまな研究成果が生まれている。

このブックレットは、そうした研究成果を発信する。「書物をひらく」というシリーズ名には、本を開いて過去の知をあらたに求める、という意味と、書物によるあらたな研究が拓かれてゆくという二つの意味をこめている。開かれた書物が、新しい問題を提起し、新しい思索をひらいてゆくことを願う。

書物は、開かれるのを待っている。書物とは過去知の宝蔵である。古い書物は、現代に生きる読者が、その宝蔵を押し開いて、あらためてその宝を発見し、取り出し、活用するのを待っている。過去の知であるだけではなく、いまを生きるものの知恵として開かれることを待っているのである。

そのための手引きをひろく読者に届けたい。手引きをしてくれるのは、古い書物を研究する人々である。

これまで、近代以前の書物——古典籍を研究に活用してきたのは、文学・歴史学など、人文系の限られた分野にほぼ限定されていた。くずし字で書かれた古典籍を読める人材や、古典籍を求め、扱う上で必要な情報が、人文系に偏っていたからである。しかし急激に進んだＩＴ化により、研究をめぐる状況も一変した。現物に触れずとも、画像をインターネット上で見て、そこから情報を得ることができるようになった。